林中洋／著

我在德国这些年

天津出版传媒集团

百花文艺出版社

图书在版编目（ＣＩＰ）数据

我在德国这些年 / 林中洋著. -- 天津：百花文艺
出版社, 2017.3
ISBN 978-7-5306-7138-2

Ⅰ. ①我… Ⅱ. ①林… Ⅲ. ①散文集–中国–当代
Ⅳ. ①I267

中国版本图书馆 CIP 数据核字(2017)第 038606 号

选题策划:董兆林 刘 洁　　　　特约编辑:强 华
责任编辑:刘 洁　　　　　　　　整体设计:任 彦

出版人：李勃洋
出版发行:百花文艺出版社
地址:天津市和平区西康路 35 号　　邮编:300051
电话传真： +86-22-23332651（发行部）
　　　　　　+86-22-23332656（总编室）
　　　　　　+86-22-23332478（邮购部）
主页:http://www.baihuawenyi.com
印刷:天津新华二印刷有限公司
开本:787×1092 毫米　1/32
字数: 127 千字
印张: 7.625
版次: 2017 年 3 月第 1 版
印次: 2017 年 3 月第 1 次印刷
定价:36.00 元

目录

德国的那些事

●

我在德国这些年

罗雷莱的忧伤

　　提起罗雷莱,不少人会想起海涅的那首名诗,以及那个坐在莱茵河的礁石上用金梳子梳理金色长发的神奇女子,她的融冰化雪的美丽和摄人心魂的歌喉令千千万万在此经过的船夫意乱情迷,只顾仰望高处的她,最终被淹没于莱茵河的滚滚激流之中。但是,这只是罗雷莱传说的一部分。

　　十月初的德国,秋意渐浓。因为书展的缘故重返曾工作和生活过多年的法兰克福。不过,这次我没有住在这座熟悉的城市,而是在六十多公里外的莱茵小镇吕得斯海姆找了一家小小的旅馆,为的是能够在黄昏的时分目送夕阳沉入山冈,看落日余晖将莱茵河两岸的村庄和山坡上的葡萄园染成金黄,还有,就是想再去看看久别的罗雷莱。

　　小城吕得斯海姆以它的风情酒馆,古色古香的德罗塞巷,负有盛名的葡萄酒以及独一无二的吕得斯海姆咖啡闻名于世。这个仅有六千五百人的小城，每年却要接待上百万的来自世界各地的游客。我住的"绿花环"旅馆已有近百年的历史，传统的木架结构的房屋，有石片瓦的顶和铁质镶花的招牌；楼上住人，楼下却是一个充满乡土气息的餐馆，晚间有乐队现场演奏。忙碌了一天，傍晚又散步归来，在那温暖的烛光下，点一块鲜嫩多汁的牛扒，品一杯"绿花环"自产的葡萄酒，听一听那有些俗气却不失悦耳的民歌，一整天的疲劳也就消散殆尽了。

去罗雷莱之前，离开船还有一段时间，我去街对面的咖啡厅里要了一杯"吕得斯海姆咖啡"。这咖啡的确与众不同：咖啡杯是特制的，精细的白瓷，敞口，圆肚，高脚，像一只花瓶，中间鼓出的肚腰处有粉红色的图案和"吕得斯海姆咖啡"的字样，侍者上咖啡时总会不可避免地做一番演示：先是给你看一眼放在杯底的三块方糖，接着将一小瓶当地有名的阿斯巴赫红酒倒入杯中，用火柴点燃，在燃烧的火焰中用长匙轻轻搅动，直到那三块方糖化为糖浆为止，然后才倒入热咖啡，最后将早已备好的大朵奶油花小心翼翼地放到上面。这做好的咖啡就像一件艺术品似的漂亮，酒香与咖啡香交相衬托，互不遮盖，味道浓烈而独特。

从吕得斯海姆到罗雷莱只有二十多公里，但是这一段的水路却是整条莱茵河中最险也是最美的一段，联合国教科文组织将其列为世界文化遗产。德国的秋天，不出太阳的日子，色调总是凝重的，但正是这凝重的色调，越发衬托出了两岸古堡的沧桑之感。这些有着几百甚至上千年历史的古堡，全都建在陡峭的山石上，有的被后来的主人修葺一新，精神焕发得好像童话中的宫殿，但更多的，只剩下了残垣断壁，唯有那破败的塔楼和残缺的外墙似在显示着昔日的荣耀。曾经是重兵把守，公主骑士，刀光剑影，歌舞升平的场所，如今硝烟已灭，繁华落尽，只有两山之间的莱茵河静静流淌，一如往昔。

船且停且走了两个多小时之后，到达小镇欧伯威塞尔；我知道，前面再转过一个弯就是罗雷莱了。这里的水面看似平静，实已暗藏杀机——河中心的水下有一条沙床，沙床左边有暗礁，水流受阻，流得比右边要慢，两股水流在沙床后方交汇，形成涡流，从前有不少船只因此在这里遇难。我们的船缓缓转过前面的山头，尽管早已知道，但当罗雷莱赫然出现在眼前时，我还是不由自主地屏住了呼吸。这是一块巨大的礁石，确切地说，是一座岩山，一百三十二米高，岩缝间草木葱茏，在这么一座礁石上别说坐着一个女子，就是站着一匹马，下面的人也未必看得分明。这罗雷莱岩石，傲首挺立，横向河心，莱茵河在这里只有一百一十三米宽，水深却达二十五米，还有为数不少的暗礁，所以这里是整条河中最窄最深也曾经是最危险的河段。二十世纪三十年代，很多暗礁被炸掉了，才使后来的航运得以畅通。

"罗雷莱"（Loreley）的名字是由古德语的"lorlen"（涛声）和"Ley"（礁石）组成的。起因是这块礁石强于一般岩石七倍的回声。一直到十九世纪，罗雷莱岩石旁还有一个小小的瀑布，流水的声音因为这回声的缘故，听起来好像是从罗雷莱传出来的女孩子的细语呢喃。罗雷莱的传说与这一自然现象有着密切的联系。

1801年克里门斯-布里塔诺（Clemens Brentano）在他的叙事诗"莱茵河边的巴哈拉赫"中详细记叙了罗雷莱的故事。这也是关于罗雷莱传说最早的文字。根据这首诗中的描写，生活在小镇巴哈拉赫的罗雷莱是一位有着倾城之貌的美丽女子，她的美貌令众多见到她的男子心驰神往，最终命断莱茵。因此，她被认为是女妖，而在那个时代，那些所谓有魔法和巫术的女人是要被处死的。这时的罗雷莱，正为情所伤，心灰意冷——她的恋人背叛了她，去了远方。她主动请求主教将她送上火刑架。可这位主教因为她的美丽，实在不忍心判她死刑，最后决定将她送入修道院，想让她在高墙之内黑与白的世界里度过余生。在去修道院的路上，罗雷莱请求押送她的三个骑士，让她最后一次登上那块巨大的礁石，她想再看一眼她恋人的城堡，再看一眼她深深眷恋的莱茵河。

当她又站在这陡峭的山岩上的时候，趁着三位骑士在崖下拴马的当儿，她纵身跃入了滚滚的河水之中。这个有着芬芳馥郁的美丽、婉转动听的歌喉、热情奔放的罗雷莱，可以让千千万万的男子为她着迷，却偏偏得不到她自己所爱的那个人的心。

布里塔诺试图通过这个充满忧伤的故事来"解释"罗雷莱礁石的回声现象。古希腊的神话中有一个关于"回声"（Echo）的传说：女神回声爱上了英俊貌美、后来以自恋著称的那西苏斯（Narzissus），因为得不到他的回应而伤心憔悴，最后化为一座岩石，从那里不断传出回声。对于罗雷莱故事的真正起源，德国有两种对立的说法：一派认为，罗雷莱的传说由来已久，但一直只是口头流传，直到布里塔诺才将这个古老的传说整理成文；另一派则认为，罗雷莱的故事是布里塔诺的创作，最好的证明就是，格林兄弟没有把它收入他们采编的童话集，因为他们两人也认为，罗雷莱是布里塔诺笔下的人物，而非真正意义上的"传说"。无论怎样，罗雷莱的故事从此广泛流传开来，不少著名的诗人，如艾辛道夫和海涅，都曾以此为题材写下了不朽的诗篇。尤其是海涅1824年撰写的，1837年由弗里德里希-思而歇谱曲的《罗雷莱之歌》更是妇孺皆知，享誉世界，连亚洲的小孩都会唱。罗雷莱也因此而成为德国文化和文学史上的一个不可或缺的组成部分。海涅的罗雷莱,有着明显的塞壬的影子。塞壬是古希腊的传说中半人半鸟(也有说半人半鱼)的海妖,她们有着如花的美貌和婉转的歌喉,当有船经过她们的海域时,她们会齐声高歌,那震人心魂的歌声令船夫们神魂颠倒,忘记了回家的路,最终人仰船翻,被海妖们吃掉。只有两个人得以生还:一个是奥伏斯,他用自己的歌声压过了海妖们的合唱。还有一个就是奥德塞,他用蜡封住了水手们的耳朵,并把自己绑在了桅杆上,这才逃过了一劫。

水边的可望而不可即的美丽女子是古往今来很多诗人偏爱的题材。比如《诗经·蒹葭》中就有这样的诗句:"蒹葭苍苍,白露为霜。所谓伊人,在水一方。溯洄从之,道阻且长。溯游从之,宛在水中央。"当然,罗雷莱与《诗经》没有任何的关系。但是,无论是生活在何种文化,哪个时代的人,在感情上都会有一些共通的东西,也正因为如此,那亘古的忧伤,可以穿越时空的经纬,触动现代人的心灵。

德国的圣诞

　　德国的冬天，总是漫长而寒冷的，而每年的圣诞，却是无数寒夜之中的一个温暖的亮点，冰雪只能助其美丽，无法削减它的缤纷色彩。

　　以认真严谨，一板一眼而著名的德国人，其实很懂生活的情趣，也很会过节，有关圣诞节的流传远近的风俗，比如圣诞树、圣灵降临节花环和日历等，都是源于德国。从十一月开始，商店的橱窗里，大堂上，圣诞节的装饰就已陆续粉墨登场。到节前的四个星期，也就是圣灵降临节期间，所有的庆祝项目则正式拉开序幕。不只是商业区的街道上灯火绚烂，几乎每家每户都会在窗户上或者花园里挂上各种灯饰，一到天黑，千千万万的灯火跳跃闪烁，仿佛夜的眼睛。德国是一个很崇尚节能的国家，但对于圣诞期间的电力消耗却是毫不吝惜。统计数字表明，德国每年为了庆祝圣诞节耗费的电能相当于一个大型民用机场一年耗电量的总和。可见，节约与奢侈，有时也是相对的。

　　一年一度的圣诞市场则更是一片灯的海洋。圣诞市场历时四个星期左右，一般都设在城市的市政厅广场，几十间小木屋肩并肩，面对面；有卖工艺品的，有卖各式小吃的，当然还有给小孩子们玩的转马和小火车什么的。市场上总是人头攒动，尤其在夜幕降临之后或是周末的时候，就更是摩肩接踵，熙熙攘攘，空气中飘着一股好闻的糖衣果仁、烤香肠和烧红酒的混合味道，不少人站在寒风中，双手捧着热气腾腾的烧红酒，一边和同伴大声谈笑着，一边享受着这寒冷却又温暖的圣诞气息。

　　德语中有一个词叫"Vorfreude"，专指人们对圣诞节的期盼中的喜悦。为了使这份等待和期盼形象化，人们想出了两种倒计时的方法：一种是所谓的"圣灵降临节花环"，还有一种是"圣灵降临节日历"。这圣灵降临节原本是基督教的斋期，早先从十一月十一日起，一直到一月六日，除去星期六和星期天，总共有四十天，这一传统可追溯到公元七世纪，直到西罗马帝国的教皇格里高将其缩减为四个圣灵降临节星期日为止。现代的德国继承了这一传统，每年的圣灵降临节在圣诞节前的第四个星期日正式开始，每个家庭都会在这期间买一个或自己扎一个枞树枝做的花环，上面插着四支粗粗的蜡烛，并带有雪人、天使、圣诞老人或彩球等装饰。在节前的第四个礼拜天，也就是第一个圣灵降临节星期日，所有的家庭会点燃那四根蜡烛中的一支，在第二个星期日点燃第二支，当四支蜡烛都点燃了的时候，圣诞节也就近在眼前了。在这期间，很多家庭都会烤制圣诞小饼干，有巧克力的，有椰奶的，有水果夹心的，有奶油杏仁的，各式各样，无法尽数。周末的下午，和邻居朋友一起，在温暖烛光的映照下，喝一杯咖啡，吃几片自制的小饼干，聊聊家长里短，时事变迁，那恬然的幸福，正藏在这日月的平淡之间。

对于小孩子来说，圣诞节充满了惊喜与发现。每年一进十二月，几乎所有已经记事的小孩都能收到一份所谓的"圣灵降临节日历"。这其实是人们为了缓解孩子们期盼圣诞节的急切心情而想出来的主意："日历"多为一幅带夹层的印刷精美的画，主题当然都和圣诞有关，这画被分为了二十四个暗格，从十二月一日开始至二十四日圣诞夜，小孩子每天都可以打开一扇小"门"，看看那暗格里藏着什么。这门背后一般都藏着一块巧克力或是糖果。这种在二十世纪初由慕尼黑出版商格哈德－朗推出的印刷形式的"圣灵降临节日历"，到如今已有一百多年的历史，却仍然年年畅销不衰。当然也有其他形式的比较个性化的"日历"，比如带有二十四个小布口袋的雪娃娃或圣诞老人，也有人将小麻袋包挂成一排，里面的内容除了甜食之外，有的父母还会放进小玩具、小书等等。不管是什么样的"日历"，小孩子们每天都有个盼头，等二十四个小礼物全都拿完了，圣诞节也就到了。

这"Vorfreude"还有一个重要组成部分，就是十二月六号的"尼库劳斯日"。在这一天夜里，尼库劳斯会将听话的小孩子的靴子或袜子里塞满甜食，所以在前一天晚上，小孩子们就会把鞋子擦得锃亮，摆在房门口，等待尼库劳斯的到来。圣尼库劳斯确有其人，公元三世纪出生在米拉（今土耳其），后成为主教，一生多行善事。最著名的故事是，有一位父亲出于贫穷想卖掉他的三个女儿为奴，为了帮助这三个善良又无辜的女子，尼库劳斯将三枚金币悄悄放进她们晾在外面的袜子里，从而使她们逃脱了厄运。尼库劳斯死于公元四世纪中的一个十二月六日，为了纪念这位乐于助人的主教，人们兴起了在"尼库劳斯日"互赠礼物的风俗，后来，人们将送礼物的时间推迟到了圣诞夜或圣诞节，十二月六日只给小孩子送些小礼物，而尼库劳斯的形象也由戴着高帽的主教变成了现今大家都熟悉的圣诞老人。

世界上第一棵点着烛火的圣诞树于一六一一年出现在西里西亚女大公多罗特娅–素白勒的宫殿里。和基督教的很多别的风俗一样，圣诞树也带有自然宗教的影子。自古以来，人们相信常青的植物有着非凡的生命力；而用冷杉或小枞树来打扮节日的客厅，也会给家人带来幸运和健康。节前好几天,各个家庭就会根据自己客厅和钱包的大小买好了圣诞树,圣诞夜这一天,主妇们则会竭尽全力将这棵树装扮得漂漂亮亮,把包好的大大小小的礼物放在树下,然后关起客厅的门,不许孩子看到。直到平安夜正式降临,全家人才得以惊叹树的美丽。因为主妇的辛劳,很多家庭在圣诞夜只吃简单的晚餐,比如酸菜加香肠,而这一晚最主要的节目,是在装扮得花花绿绿的圣诞树下交换礼物,而整个的圣诞庆祝也在此时达到了高潮。

德国的圣诞节是十二月二十五日和二十六日两天,在这两天中,人们去教堂做圣诞礼拜,走访亲友,吃圣诞大餐。与节前的喜庆相比,这圣诞节本身显得很平淡,给人意犹未尽的感觉。就好像一场戏,开演前锣鼓喧天,观众们都翘首以待,等真的开幕了,还没看个分明,幕布就又拉上了。而节前的那份等待的喜悦,尽管人们穷尽心思想让它显得短一点,想让它快一点过去,但,这不才是真正的圣诞节吗!人们等待着,期盼着生活中的幸福时刻,而这等待的本身,就是生活啊。

沧桑吕根岛

我们去吕根岛(Rügen)的时候,正是早春,旅游旺季尚未开始,岛上除了当地的居民,游人还不多,偌大的岛显得空荡荡的,不过这正合我们的心意,我们可以沿着几乎无人的海边长时间地漫步,在黄昏的沙滩上对饮红酒,看着一轮落日缓缓沉入海中。

吕根岛是德国最大的岛屿,位于波罗的海,这个岛以它的白垩岩以及拥有国家公园而闻名,风景秀丽独特,经常被称为德国最美的岛屿。国家公园,也就是自然保护区,在东北面的亚斯蒙德半岛上,这里有巨大的以欧洲野生山毛榉为主的森林,林子里草木葱茏,青白的阳光透过树梢,投下长长的光影;走过这片树林,就到了白垩岩构成的海岸。最壮美的莫过于名叫"国王的宝座"(Königsstuhl)的白垩岩了,它一百一十八米高,陡峭突兀,仿佛直立在海面上,从旁边的"维多利亚角"看过去,那"宝座"显得越发高傲挺拔,在阳光下白得耀眼,衬着身后深蓝的海水,确是一幅绝美的图画。

当然,吕根岛的美,不是现在才被人发现,十九世纪初,画家卡斯帕·达维·弗里德里希就曾在这里创作了著名的油画《吕根岛上的白垩岩》(Kreidefelsen auf Rügen);第三帝国的时候,希特勒想在这里建成一座可以供两万人同时度假的营地,这座庞大工程的废墟至今仍矗立在萨斯尼茨与宾茨之间的普洛拉海湾,诉说着那一段不堪的历史。

我们的车子驶近普洛拉的时候,远远地就看见树梢上方露出的褐色大楼的上部,因为久无人气,显得阴森森的。等到了近前,才发现刚才看见的不过是一座作为楼梯间的侧楼而已,这样的侧楼有很多座,外形一模一样,将主体建筑连为一体。从面海的那一边看,这些六层高的连体大楼沿着海岸线,绵延伸展几公里,一眼望不到头,如今虽然门封窗坏,一派凄凉,但仍可以想见当年建造时的规模与气势。

这座被称为"普洛拉的海滨浴场(Seebad Prora)"的建筑是希特勒上台之后、二战爆发之前纳粹德国所开动的大工程之一,这项工程从1935年起正式动工,原本计划建成一个长达4.5公里、由八栋连在一起的大楼组成的巨大旅馆,这些大楼内外完全相同,各长五百五十米,可以同时容纳两万人。每个旅馆的房间都面朝大海,走廊和楼梯间则在背海那一面的侧楼里。除了普通的房间和卫生设施，这个工程还计划建造游泳池、保龄球室、日光室、电影院等集体活动设施。虽然这样的一个"宾馆"更像一座兵营，其总体设计却在1937年的巴黎世博会上得了金奖。1939年，二战爆发，尚未完工的"普洛拉的海滨浴场"工程于是搁浅。

二战中，这里曾是纳粹空军后援队的训练场以及军警的驻扎地，1943年，汉堡被轰炸之后，很多流离失所的汉堡人在这里找到了暂时的藏身之处，二战末期，这里还是临时医院和从东欧被驱逐回来的德国人的避难所。

第二次世界大战结束之后，吕根岛归属于德意志民主共和国，"普洛拉的海滨浴场"作为警察营和兵营曾驻扎过一万多的士兵。两德统一之后，这座建筑的一部分曾作为青年旅馆被继续使用，如今，除了一个小博物馆和几个可以提供展览的房间和厅之外，偌大的建筑就只剩下了一个空壳儿，虽然受到德国的文物保护，但经不住时间的腐蚀，慢慢地荒颓废败。

德国人保留"普洛拉的海滨浴场"，不是为了"纪念"那一段阴暗的历史，而是希望后人不要忘记它。能够如此正视自己的错误并真诚地忏悔，是需要勇气的，在这一点上，要佩服德国人。

除夕

除夕的过法,各国有各国的特点,在苏格兰,新年的钟声敲响之前的几分钟,如果门口站着一个个子高高的年轻人,手里拿着一瓶威士忌、一个葡萄干面包和一块黑煤,那可一定得放他进门,否则会来年不幸。

在意大利和西班牙,女人们在除夕和新年这两天会穿红色的内衣祈福。有一项仪式是全体西班牙人在新年到来之际必做的,那就是随着新年的钟声吃下十二颗葡萄,并每吃下一颗就许一个愿,如果动作太慢,跟不上节奏,就是不祥的预兆。

在希腊,人们会在除夕烤一个藏有一枚硬币的蛋糕。分吃蛋糕时,谁吃着了那枚硬币,就可以来年交好运,这个和中国人在饺子里包硬币的做法很相似。

除此之外,除夕之夜千万不可以吃家禽,这样好运气就会飞走了。家里也得窗明几净,否则来年会一片大乱……

在德国和奥地利,还有在除夕之夜浇铅的习俗。就是把一小块铅用火烧化了,然后浇在冷水里,那铅就会立刻结成一个新的形状。把铅捞出来之后,人们就会充分地发挥自己的想象,看这块铅的形状像什么,然后察看其意义,用以推测来年的运程。这其实就是一种形式的占卜,只是不那么专业而已,因为这形状的判断本来就带有非常大的主观性。

从总体上来说,德国和中国的除夕并没有很大的差异。年夜饭当然很重要。在德国,年夜饭一般是法国式火锅或瑞士烧烤。火锅的起源地是中国,这法式火锅的原理和中国火锅没有两样,也是把肉或蔬菜蘑菇之类放到热汤或热油里去烫熟,然后蘸了调料吃。只是那肉一般是切成四四方方的块儿,不像中国的涮羊肉的肉片切得很薄,锅也是小小巧巧的,每人一至两把长长的叉子,每把叉子头上都会标有不同的颜色,这样绝不会搞混,就是这样的"大锅饭"也能够吃得井水不犯河水。那瑞士烧烤分为上下两层,上面一层铁板放肉块,吱吱啦啦地烤熟;下面一层可放八个小铲子,人们把肉菜等放在小铲子上,最上面再铺上一层软奶酪,然后放进下面那层去烤,直到奶酪融化得差不多了再拿出来吃。虽然都不是什么出奇的美味,但可以吃很长的时间,对于除夕来说,确是理想的年饭。

德国也有类似"春节联欢晚会"的电视节目，和中国"春晚"的万众瞩目不同，一般民众，特别是年轻一代根本不看。近二十多年以来，德国好几家电视台除夕那天都会反复播放一部黑白短片《九十岁生日》，这部英国短剧很有年头儿了，原名是《一个人的晚宴（Dinner for one）》，讲的是老妇人索菲小姐设宴庆祝自己的九十岁生日，可惜她请的那几位客人都早已不在人世了，于是她的仆人就只好轮流扮演她的那些朋友，一圈一圈地为"客人们"倒酒，然后再替他们与索菲小姐碰杯饮干，随着圈数的增多，这位忠心的老仆人也越喝越醉，脚步不稳，口齿不灵，那滑稽的样子引得人们一次又一次地大笑……这虽是一场喜剧，却充满了人生无奈，也许是因为辞旧迎新的时候人们经常会有岁月易逝的感慨吧，这部剧成了德国除夕不可或缺的传统节目。

新年的钟声敲响之际，也是香槟酒流香四溢的时候，人们纷纷举杯，相互拥抱祝贺"新年快乐"，和中国一样，接下来就是出去放鞭炮了。这德国除夕十二点的焰火和中国大年三十的爆竹相比虽是小巫见大巫，但也是此起彼伏，升腾跳跃，热闹非凡。要说这烟花爆竹是中国的发明，可是在除夕之夜弄出巨大的声响——比如敲锅砸盆或是吹号角——以吓走妖魔鬼怪却是古罗马时代就有的风俗了。可见这地球说大也大，说小也小，八竿子打不着的人也能在很多问题上想到一块儿去。

尽管不同的国家、不同的民族在文化习惯上都会有属于自己的特色,但是在年俗上,却是大同小异。因为,不论生活在哪里的人,在本性上都会有一些共通的东西,而除夕的基本内容——辞旧迎新、庆贺祝福、占卜未来等等——所表达出来的,正是人们心中共同的愿望,那就是对美好生活的向往。

盐城吕内堡

吕内堡(Lüneburg)是德国北部下萨克森州的一个不大的城市，人口七万多，离汉堡只有三刻钟的车程。因为在二战中逃过了被轰炸的命运，内城里保持住了过去的模样。走在吕内堡圆石铺就的窄街窄巷内，会有时空倒错的感觉。那些曾经精心修建、在岁月的沧桑中逐渐开始东倒西歪的建筑，向人们展示着这个城市的繁荣与衰退，散发着一种难以描述的浪漫与苍凉混合的气息，好像一首古老的歌曲。

这个城市的盛衰都是因为盐。早在一千多年以前，人们就在这里发现了盐矿。盐在古代可是非常珍贵的东西，它不仅可以用来调味和腌制食物，人们还认为它可以避邪。所以，盐被称作白色的金子。盐业的兴起为吕内堡带来了财富与繁荣。中世纪的时候，欧洲人每年斋戒的次数比现在的人要多，对清规戒律的遵守也更严格；在斋戒期中，鲱鱼是主要食物之一，人们对此的需求量很大。从十二世纪初到十六世纪中，波罗的海和挪威海域可以捕到大量的鲱鱼，在当时丹麦的朔能，每年都举办一次大型的鲱鱼交易会，成千上万桶鲱鱼从这里被运往欧洲大陆各个国家，而盐，正是保证这些鱼能够经得住长距离运输、长时间保质保鲜的重要原料。作为离波罗的海最近的一个盐场，交易会所需的盐几乎都来自吕内堡。吕内堡也因此成为富甲一方的汉莎城市之一。

为了展示自己的财富，吕内堡的商人们建了很多在当时看来很夸张的房屋建筑。这些房子的山墙向街，修饰精美，顶部是三角形或是阶梯式地逐渐往上递减。这些山墙往往高出其房屋本身的高度，为了保证它们的稳固性，有的房屋还从后面的房顶上支起架子，支撑那面象征着房子主人脸面的山墙，从侧面看，这墙像是舞台上的道具。类似的房屋设计也可以在其他富有的汉莎城市中见到，这种山墙被称为"Blendfassade"，意为"耀人眼的外墙"，其目的就是为了向路人炫耀自己的富有。

可惜好景不长。从1560年起，波罗的海一带忽然捕不到鲱鱼了，盛极一时的朔能交易会也随之没落，加上德国许多城市开始从法国进口盐，使得吕内堡的盐业从此一落千丈。随着汉莎同盟的解体，吕内堡很快就穷下来了，穷得没有钱造新房子，所以，城里的大部分建筑一直到今天都保持着十六世纪时的样子。尽管盐业受了重创,但吕内堡从未停止过产盐,特别是1830年之后,挖矿的设备改进很快,高效率的开采使得位于盐矿之上的陆面开始逐渐下沉,不少建筑因此东倒西歪,有一座教堂因为歪得太厉害而不得不被拆毁。二战之后,很多房屋年久失修,摇摇欲坠,有人提议把内城里的老房子全部铲平,盖上现代的新房子。这项提议在市民们的无数次抗议之下被搁浅了。从二十世纪七十年代起,城里的历史建筑得到了系统的整修和加固,这些房子从外边看和几百年前一样,里面却有符合现代人生活与工作要求的各种设施。

我喜欢在吕内堡的小街小巷里走,那里总是荡漾着一股岁月的醇香,我还喜欢看人家的窗户,古时候的房屋为了保暖,窗户是双层的,两层窗户之间是宽宽的窗台,人们把窗台擦拭得干干净净,摆上鲜花植物或是烛台,轻风过处,纱帘微拂,那情景仿若穿越时空的生活的河流,好像那么遥远,却又如此贴近。

话说德国警察

德国的普通民众中，警察有着"朋友和帮手"的美誉：他们彬彬有礼，任劳任怨，大事小事一并包管，一天二十四小时马不停蹄；那可真称得上是"人民警察"。在日常生活中，人们并不是时时都会感觉到警察的存在，但是在出了事的时候，无论是交通事故、火警、缉拿嫌犯，还是足球赛、游行或是为国宾开道，最先到达现场的或总是在旁守候的都是警察。

德国的红绿灯体系和交通规则都比较完善，所以在大街上早已没有了专门维持交通秩序的交警。但是，负责交通安全的巡警会经常开车巡逻，进行路检。记得有一次，我在一个十字路口过马路，一辆汽车无视红灯，连速度都没减就从我鼻子跟前冲了过去，这时路对面正好有一辆警车在等红灯，见状立刻打开警灯、拉响警笛，掉了一个头呼啸着追了上去，那情景，跟电影里差不多。

德国警察态度的友好给人深刻的印象。我有一次倒车,不小心碰到了旁边那辆车的后视镜,尽管看不出什么损伤,可谁叫我偏偏把车停在了警察局的大门口呢。我只好进去自首,一位女警官跟我出来察看现场,态度和蔼可亲,一点没有责备的意思。记录备案后,她对我说应该没问题,您别担心,祝您周末愉快。

　　来自汉诺威的伊利斯·福里德讲过一件与警察打交道的趣事。她有一次要去多特蒙德参加排球比赛,本以为不会走迷路的,结果在一个环道下错了路口,怎么也找不着路了,眼看着开赛时间将近,伊利斯急中生智,干脆停下车来,竖好警示三角,冲着马路伸出大拇指;她希望有出租车司机能好心带她开一段;没想到来了警察。她心想坏了,她站在绿化带上,肯定是要罚款。可是,那位警察下车之后,先问出了什么故障,要不要帮忙。伊利斯就把来龙去脉讲了一遍,并附加上这次比赛的重要性以及队里如何少不了她。警察一听,看了看表,说:"我刚加满了油,正要归队呢。不过我可以绕个圈,把您送到比赛场,您就跟着我开吧。"说完上车,打开了警灯。伊利斯就跟在这闪闪的蓝灯之后,兴致勃勃地倒着走了好几个单行线;在一个路口等红灯时,旁边一辆车里的人摇下车窗,不无怜悯地问伊利斯犯什么事了,要跟警察上局子里去,伊利斯骄傲地笑笑,说:"哪里,我这是去参加排球比赛呢!"

德国警察属于国家公职人员，永远不会被解雇，却也没有权利罢工。近些年来，德国经济不景气，很多州都在想办法节省开支，其中也包括缩减公务员的工资。这当然被很多警务人员的抱怨，但是他们对此毫无办法。

其实，德国警察的收入并不菲薄，端的是国家的"铁饭碗"，有体面的社会地位。很多人当警察，并不只是为了一份衣食无忧的生活，而是认为这一职业充满了挑战。拉尔夫·戴克就是为了他年少时的英雄梦而当上了警察的。拉尔夫今年三十六岁，在汉堡市警察局任职。他说，他从小就有一种除暴安良的理想，真的当上了警察后，发现这一职业并没有想象中的那么惊险和刺激，但是，他每天都会遇到不同的人和事，有的无聊，有的有趣，绝不重复。他认为，从事别的职业的人，离开学校开始工作之时，也就是千篇一律的职场生活的开始，但是作为警察，恰恰相反。

在德国，若是在某一个小学的课堂里问学生们将来想成为什么，至少会有一半的学生回答"当警察"。可是想当警察，并不是一件容易的事情。一般来说，只有十三年制的文理中学（毕业后有直接上大学的资格）的毕业生才有直接报考警校的资格。在很多州还有特定的身高限制，对体能和健康的要求更是不在话下。

2007年夏天，南德海尔布隆的一次城市节庆上，两个执勤警察在警车中遭到枪击，一位年仅二十二岁的女警官当场身亡，她的同事头部中弹，至今人事不省。拉尔夫说，这样的事时有发生，他的同事中，就有在例行检查中遭遇毒手的。他还算幸运，没有遇到过真正的险情。他有两个小孩子，特别惜命，却又不能玩忽职守，看见危险就逃跑，所以有时也挺难的。拉尔夫还说，当警察很辛苦，一天三班倒，遇到比较棘手的案情或事故，还要经常加班加点，但是他不后悔。

德国的迷信

　　德国是一个盛产哲学家的国度，而德国人更是以认真严谨而著称，这样理性的国家，竟然还会有迷信，好像有点不可思议，其实，迷信并不一定都来自愚昧，它更多的是表现了一种人对生活的无力感，本来是无根无据的"信仰"，有时却可以带给人一种莫名的依靠和安慰，因此，世界各地，凡是有人的地方，就会有迷信，只是内容和方式可能不同而已。

　　德国的迷信也是多种多样，除了像十三日、星期五这样的在基督教文化中盛行的"著名迷信"之外，还有很多德国"原汁原味"的特产。比如，很多德国人认为，用左脚起床是不吉利的事，所以如果有人某一天比较倒霉，就会有旁人说："你是不是起床用错了脚（mit dem falschen Fuss aufgestanden）？"这句话早已成了一句俗语，不是每个说这话的人都当真相信用左脚起床会导致一天的不顺。黑色的猫在德国才真叫倒霉。看见黑猫本来就挺不吉利的了,如果这只猫还是从左边走来,那就越发不吉利。为此,还有人想出了"相克"的方法,即如果看见打左边走来的黑猫,就立刻换个马路沿儿,走到路那边去,就可以"避邪"。因为这个有争议的迷信,黑猫在德国不太受欢迎,很多被遗弃的猫都是黑色的,为此,动物保护组织多次呼吁,不能因此歧视黑猫——毕竟不是这些猫自己愿意生成这种颜色。在中国,喜鹊是好鸟儿,顾名思义,这鸟应该会带来好运。可是在德国,喜鹊却有着"小偷"的恶名(diebische Elster)。这种鸟喜欢闪闪发光的东西,所以在郊外野营或是在花园里开派对的时候,常发生有人被喜鹊偷去刀叉的经历,而且这鸟还会破坏其他鸟的巢,因而臭名昭著。但是被很多中国人厌弃的乌鸦,在德国却没有坏名声。在英国,伦敦塔里的那十几只大乌鸦甚至还有卫兵特别监护,因为它们的去留象征着温莎王朝的兴衰。我本人是真的不喜欢乌鸦,倒不是出于迷信,而是在德国本已十分萧索的秋冬时节,那些光秃秃的大树上有时会一下子落满了乌鸦,总有几十只,那情境,总令人想起秦观的词,"斜阳外,寒鸦万点,流水绕孤村",调子忧伤而凄凉。

中国人忌讳在喜庆的时节说比如"死"、"病"之类的不吉利的话,在德国却正相反,尽管一般人也会互相祝愿"一切如意(alles Gute)",但在朋友之间,经常会有人祝你"折了脖子断了腿（Halts- und Beinbruch）"，因为他们认为这样的祝福会带来好运。在考试之前，出于好意德国人会说："你肯定会砸锅（Es wird bestimmt schief gehen）。"我可是个中国人，我不希望有人在我的重要关头用他的祝福来咒我，所以在这样的时候我见了德国人总是躲着走。

当然，很多德国人也相信星相一类的算命，认为星座和性格与命运有着必然联系。近年来，越来越多的德国人迷上了风水，在建造房屋时请风水师来指导，有人认为这是迷信，可更有人证明风水的理论中有很多科学的地方。所以，迷信与科学的界线，有时也很模糊。

布谷鸟的春天

晚饭后，我穿上外套，去我们"布谷鸟协会"开会。这次的会议地点选在儿童图书室，离家只有几百米的距离，我呼吸着傍晚空气里早春的气息，脚步轻快地走路过去。

我到的时候，大阅览室里已经坐了近十个人，书记梅兰妮也已展开了纸笔。会议的流程每次都很相似，先是会长总结上个季度的工作，然后是会计汇报协会的收支状况，最后是大家提出下个季度的活动计划。这一次的会议时间比较长，因为原会长提出辞职，而选一个新会长并不是一件很容易的事。

我们的协会全称是"布谷鸟儿童艺术文化协会"，是一个不以营利为目的的公益组织，主要服务对象是我们附近的几所小学和幼儿园，也包括十四岁以下的中学生。每年我们协会都会组织很多次的活动，比如去汉堡看音乐剧，去吕内堡参加文化节等等；协会的常驻设施是儿童图书室，就设在我们村里青少年活动中心的楼上，里面有少儿的亲子绘本到青少年的魔幻小说如《哈利·波特》或是《暮光之城》等等的各类书籍，还有大量的光盘和影碟，内容丰富而周全。每周的星期一和星期三的下午，是图书馆对外开放的日子，这时我们就会轮流值班，负责图书的借阅等事宜。

要运作这么一个协会并不简单，我们的经费来源主要是会员费和政府补贴，每年的政府补贴几乎都用在了图书馆的维护和购买新书上，其他的活动经费都得靠会员费来支撑。问题是，会员的流动性较大，随着孩子的成长，一些老会员会自动淡出；为了发展新会员，我们必须在开展活动的同时做广告，所以，不管是儿童节时还是学校组织的活动，我们协会都会积极参与，为孩子们设计游戏、朗读童话或是推荐书籍，通过这些活动向还不熟悉我们的家长，尤其是年幼孩子的家长介绍自己，把他们争取到我们的协会里来。

如今，"布谷鸟"已经有固定会员近千人，但是在协会里张罗事情却主要是今天来开会的十几个，我们除了负责图书馆，也担任各种活动的组织工作。这些工作都是自愿的，没有任何的报酬。大家平时都要上班，下了班还要照顾孩子与家庭，但是却都心甘情愿地抽出时间来参与协会的工作。我当初也是受到这种奉献精神的感染才渐渐加入协会的组织工作，并在其中体会到了乐趣。

去年秋天的汉堡天文馆之行是我负责筹备的。光是酝酿计划、可行性考察、设计分发海报与报名表就花了近一个月的时间，等报名的截止日期到了之后，我上下一统计，竟然有三十九个小孩和十六个家长！我没想到会有那么多人，有些后悔没有去包一辆大巴，既然为时已晚，只好请同去的家长各自开车，把孩子们分配到各个车上，没有家长陪同的小孩必须有家长签字的意愿书，同意自己的孩子坐别人的车（因为保险的缘故）。那天出发前，我和另外一位同仁将每辆车里的大人小孩都一一详细记录在册，然后十一辆车浩浩荡荡向汉堡进发。天文馆给我们特别的优惠，包括同去的大人都是学生价，尽管如此，我们协会还是给每个人都补贴了两欧元。和以往一样，协会组织这样的活动不但不挣钱，还要往里搭不少钱；而我们这些组织者花精力与时间也不是为了谁来说一声"谢谢"。对我而言，我觉得这样的活动很有意义，能够为孩子们做一些事情，我感到很快乐，能把这些事情做好，我就很满足。

我当初加入协会是因为我自己的孩子，现在他们也开始慢慢走出"布谷鸟"所服务的年龄范围，我不知道我还会在协会里待多久，倒不是自私，而是中学里也有类似的组织，需要我们这些新同学的家长去献力；长江后浪推前浪，我们选出的新会长是一位年轻的母亲，在她的带领下，"布谷鸟"一定会有一个新的春天。

德甲大战

　　一个星期六，我们全家一起去汉堡观看本年度德国足球甲级联赛第二十六轮——汉堡队对弗莱堡队的比赛。在本赛季中，素有"德甲恐龙"之称（即所谓"德甲豪门"）的汉堡队屡次惨败，如果这次再败阵，就会有降级的危险。汉堡是德国著名的强队，曾经有过六次德国冠军、一次欧洲杯冠军、三次捧回足协杯的辉煌历史，出过不少优秀的球员，自从德国1963年实行甲级职业足球联赛以来，还从未出过德甲，因此被称为"恐龙"；而弗莱堡队实力很弱，一向被视为乙级队，在排行榜上也是排名最后。这次的比赛，是在汉堡队主场举行，所以有着天时地利与人和，如果不赢，不但面子上很过不去，而且形势上也将更加严峻。

　　我们的车子驶近赛场的时候，发现街道上、天桥上都是密密麻麻走着的人，警察与警车三步一岗、五步一哨地维持着秩序，我心里开始紧张起来。我不是足球迷，更不喜欢聚众扎堆的场合，这次来看球赛完全是为了儿子，作为汉堡队足球学校的学员，他得到了此次比赛的免费入场券。随着人流往体育场走的路上，可以感觉到空气中充斥着的亢奋气氛，很多人戴着印有汉堡队标志的围巾或帽子，一手摇着旗，一手拿着啤酒，一边走一边喝，想到这大下午的，比赛还没开始呢，这些人就开始喝酒，酒精与情绪相结合，会酿出什么后果来……我越想越怕，恨不得立刻打道回府。

体育场的各个入口处都挤满了人，大家都耐心地等着慢慢往里走，我在心里祈祷着，但愿在赛后，无论结果如何，人们还能保持这份文明。好容易进得门去，看见体育场四周的空地上满是卖热狗、烤香肠、扭花面包和扎啤等的摊位，好似一个节日的市场，两个孩子的手里很快就被人塞进了两面汉堡队的旗帜，他们高兴地把旗子举得高高的，找到座位坐定之后，那份拥挤的感觉才逐渐消失——五万多人散在体育场内，竟然不再觉得窒息。有乐队在现场演唱歌曲，球迷们也开始练嗓子，四周都是色彩与声音，那份紧张与期盼似乎可以触摸得到。

三点半整，开赛的哨声正式吹起。球迷们这时仿佛自己上了战场，开始奋不顾身，他们摇旗打鼓，一支又一支地拉着歌，一时之间，赛场内的气氛空前热烈。两支球队刚开始时都踢得有些谨慎，特别是弗莱堡队，好像主要在防守,拉不起真正的攻势;可惜的是,汉堡队尽管显得咄咄逼人,却错失不少良机,半天攻不进一个球去。到了第二十分钟的时候,弗莱堡队出人意料地进了一个球,这个时候,远道而来的坐在角落里的弗莱堡队球迷欢腾起来,他们摇旗大喊,鼓声震天,弗莱堡队也振奋起来,不再小心翼翼,攻势愈来愈猛,在上半场结束前又踢进一个球。中场休息的时候,汉堡队球员在一片嘘声中走下场去。

谁都没有想到,汉堡队会在上半场就以0:2落后,大家都有点惶然,空气中虽然飘着一股好闻的烤香肠的香气,卖啤酒和点心的人仍然不辞辛苦地托着巨大的托盘四处游走,但开赛前那般的节日气氛已经明显地冲淡了许多。然而,最令人想不到的事还在后面,下半场踢到第72分钟的时候,弗莱堡队又攻进一个球,记分牌上的显示还未改成0:3,就已有大批的观众起身离场,打远看,他们活像一群群突然开始活动的蚂蚁,往外走的时候,这些人表情沉重、脸色铁青,却没有任何失控的迹象。我不知道还在继续作战的球员们有没有注意到这么多人的集体退场,只是,汉堡队最终还是踢进了一个球,算是给留守到最后的球迷们的一点补偿。

这次汉堡队在自己家里惨败给客队,是史无前例的,这也使得一向趾高气扬的汉堡队直接面临被降级的危险。我一直等到重新坐进车子里才松了一口气,尽管输得这么惨,却没有发生我担心的骚乱或恐慌。现场感受足球赛的盛况确实与电视里的实况转播不一样,我不是真球迷,都可以感受到热血沸腾,但也正是这种"发烧"状态让我感到不安,我想,这是我第一次也是最后一次去比赛现场观看足球赛。

淳朴黑森林

黑森林对我而言并不陌生,以前我感兴趣的,是著名土产如布谷钟和黑森林樱桃蛋糕。有一年四月,我带着两个孩子去黑森林疗养,去的是南部海拔一千多米的高山上,尽管离福莱堡只有三十五公里远,距瑞士和法国也很近,可是那里未经雕琢的自然风光、原始而古老的农庄、安静而恬然的生活,好像回到了久远的过去,在这种与世无争的氛围中,我感受到了黑森林质朴的一面。

黑森林主要指德国巴登-符腾堡州境内、南北长约150公里、东西宽约50公里的黑森林山脉。一直到中世纪为止,这里还是一片名副其实的黑色的森林,古罗马人称之为"silva nigra",意思是无法通过的、黑压压的林子,对于他们而言,这里就是世界的尽头了。后来,来自爱尔兰和苏格兰的传教士们无畏艰难险阻,开始向这片古老的原始森林挺进,在那里修建了不少小修道院,后来黑森林的很多地方都以这些最初的修道院或传教士的名字命名。到了中世纪末,黑森林里的主要树木—冷杉和云杉成了很受欢迎的建筑材料,于是,人们用木筏子将大量的木材顺着莱茵河运到荷兰;后来发展起来的玻璃与采矿业也需要大量的木材作为燃料,所以,到了十七世纪,一半的森林已被砍伐光了。可是,黑森林的大部分地方也不再是那阴森森的色调。尽管在南部早就又有一半以上的地区重新被山林覆盖,但这些林子已多为混合林,山坡上,谷地间可以看见大片的草场与绿地。现在的黑森林,以有着不同的自然景观而著称。北部与中部山势相对低缓,山间溪流湍急清澈,绿水青山,风景如画;而南部的高山之中,冷杉林以及山涧里飞流而下的瀑布构成了别样的风景,自有一番清丽的样子。

在我们的住处附近,可以看到不少有着一二百年历史的农庄,有的甚至更加古老。这些农庄都有着典型的黑森林建筑风格,左右两侧的屋顶坡度很大,黑压压地几乎延伸到地,前后两边是半顶,半顶下是长长的阳台,很多阳台上都种了色彩夺目的鲜花,也有的阳台外晾着衣服,毫无掩饰地散发着淳朴的生活气息。这些农庄一般都是木质结构,就连屋顶也多为木片瓦铺盖;夏天,巨大的屋顶保证了室内的阴凉,而冬日倾斜温暖的阳光却可以从屋檐下射进屋里来。过去的黑森林人,几代人共同生活是常有的事,庞大的农庄中不仅住人,自家的牲畜也生活在同一个屋檐下面。这些色调凝重的古老农庄静静地散落在谷地里、山腰上、白云的深处；虽有日出日落，可时间却仿佛停止，岁月如屋前潺潺的流水，单调而悠长。

这一带最著名的自然景观当属山涧之间湍流而下的瀑布了。德国最大的自然瀑布就在我们住的山上。雪后的一个晴天，我带着女儿去看瀑布。这一天，瀑布的水量比往常要明显大许多，我们站在前面，仰着头观看飞奔而下的水流，耳边水声轰然，场面甚是壮观。顺着瀑布旁的台阶往上爬，气喘吁吁之后以为已经爬到瀑布的顶了，这才看见，原来那上面还有一截，落差虽不如下面那截大，水势却更加湍急，我们接着往上走，到顶以后发现上面还有一截……如此一截又一截，好像打开了一个俄罗斯娃娃，打开一个里面还套着一个，没完没了似的。我还从来没有见过这样的瀑布，感觉非常新奇有趣。

至于当地人的淳朴，我是通过一件小事偶然感受的。黑森林地区的木雕远近闻名，其中最常见的素材是老鹰、蘑菇和水槽，一般不上漆，有的连防护油都不涂，就这样原汁原味地保持着木头的本色。人们爱将这些木雕放在花园里或是路旁作为装饰，经过风吹雨淋，木雕的颜色也变成黑漆漆的，却不会腐烂。树林里，不少断了的树干上部被人雕出了猫头鹰或老鹰的形象，它们栩栩如生，神态庄严，仿佛站在树干上傲视过路的人。我们住处附近就有一户卖木雕的人家，沿街的院子里摆满了各式各样的木雕。一个安静的午后，我来到这里，想买一个蘑菇带回去做纪念，在院子里转了半天，没看见一个人，正纳闷，发现车库前竖着一块牌子，上面写着："我每天下午五点之后会在这里。除此而外如有需求，请打如下电话……"后面是一个手机号。我不可能等到五点，于是拨打了牌子上写的号码。电话那头的人说话带着浓重的当地口音，他问我看好了要买的东西了吗，我说看好了，是一个十块钱的蘑菇，可我怎么付钱哪？他说这个好办，把钱放到车库里就是了，门是开着的。我走到车库的边门前，按下了门把手，门果然是开着的，不仅如此，里面的小桌子上还放着好几小堆的钞票和硬币，很显然我不是今天的第一个顾客。我于是依着葫芦画瓢儿，把蘑菇上用钉子钉住的标价牌拆下来，连同我的十块钱一起放成一小堆，留在桌子上，然后关门离去。其实在德国很多地方的乡村，也有类似的"自助购物"，人们直接从农家院里选购新鲜的水果蔬菜或是鲜花，然后把钱塞进一个存钱罐式的小木头箱子里，至于多付少付还是不付钱都没有人监督；但是像这样的连个盒子都没有的，我还是头一回见到。

在工业化程度很高、经济发达的德国，像南部黑森林这样古风尚存的、朴素无华的地区已不太多见。三个星期几近与世隔绝的宁静生活,我觉得自己好像被净化了似的,神清气爽,杂念全无。回家的火车上,我很清楚地知道,我们肯定还会再来。

风情万种的汉堡鱼市

我是个不喜欢早起的人,但是为了汉堡鱼市,我每隔个把月就会在某个周日心甘情愿地早早起身。喜欢这个鱼市,主要有两个方面的原因:一是爱吃海鲜,尤其是刚离船的海鲜;二是因为那里的气氛,活像中国过年时赶大集,喜气洋洋、吵吵闹闹的,可以讨价还价,还可以买到一般市场或超市里根本就见不到的活鱼活鸡……每次把手里沉甸甸的东西放进后备箱里的时候,都会有种忘了身在何处的感觉。

汉堡鱼市从1703年开市以来,已有三百多年的历史了。那时,教会在人们的生活中还有着中心地位。按照基督教的传统,星期日是休息日,是不许工作的。渔民和鱼商们努力了半天,才获得了在周日卖鱼的许可。因为水产品在炎热的夏季容易腐烂变质,也为了保证人们不误了星期日的礼拜,教会规定,鱼市在清晨五点开市,最晚到八点半收市。这项规定沿用至今,只做了一个小时的调整:可以九点半收市。当然,不少旅游指南上写着冬季开市时间是七点,那是因为德国的冬天天亮得实在太晚了,谁会在大冬天五点钟爬起来去赶集呢。

我那天到达鱼市的时候,是清晨六点半,天还漆黑着,但鱼市上早已灯火点点。游人尽管还很稀少,但商贩们已做好了开市的准备。这鱼市不只是卖鱼,也卖水果、鲜花、肉乳制品、工艺品、服饰等等,可以说是应有尽有。我先大致转了一圈,因为天实在太冷,于是直奔拍卖大厅取暖去了。

这鱼市拍卖大厅是一个巨大的红砖建筑,始建于1896年,经历过战火的毁坏,历经沧桑却仍容光焕发。每周内,这里都举行数次拍卖活动,数以万计的鱼类与海鲜以拍卖的方式转手给了大小鱼商。周日,这里却是歌舞升平的场所,经常有专业乐队现场演奏爵士乐、摇滚乐或是乡村音乐。进得厅内,音乐声震耳欲聋,里面或站或坐早已挤满了人。要了一杯咖啡,穿过人群,在那数条长长的桌椅之中找了一个空位坐下,现场演出就开始了。这次献演的是一个来自美国的摇滚乐队,主唱是一个黑人女子,那些曲目都是时下最流行的,在激荡的音乐声中,人们兴致高昂,有的人同声高歌,有的站到椅子上手舞足蹈,还有不少人挤到舞台前的空地上翩翩起舞,整个大厅就像是一个巨大的迪厅,早已弄不清这是新一天的开始还是前一夜的结束。

　　出得厅来，已是快八点，天刚蒙蒙亮，但鱼市里已经熙熙攘攘、摩肩接踵了。这汉堡鱼市，每年要接待上百万的游客，夏季要比冬季多七倍，在这样一个微雨的冬日，仍然有这么多的人早早起身，甚至不远千里而来，足见鱼市的魅力。这个时候，叫卖声也已是此起彼伏，大声叫卖堪称汉堡鱼市的一绝。许多商贩将自己大卡车的后车箱改搭成高台，站在台子上，面对着底下驻足观望的人群，他们就像唱大戏的演员一般，使出所有的看家本领，运足底气、扯开嗓门，一边卖货，一边插科打诨；他们反应迅速、言语诙谐，搞笑之中不乏智慧，这哪里是在叫卖，简直就是精彩的单口相声。在阵阵哄笑声中，人们买走一份又一份的货品。这鱼市的卖法也比较特别：商贩们在众目睽睽之下把不同种类的货品挑到一起，然后喊一个总价，脱手之后再挑下一份。这里的价格和"跳楼价"差不多，比如我买了满满一篮各式水果，连篮子一块儿才十欧元，跟捡的似的。

　　因为是冬天，拍卖大厅前用来停靠渔船和渡轮的栈桥旁只停了一艘渔船。夏天的时候，这里的渔船可是一艘连着一艘，渔民们将自己打的鱼和海鲜一箱一箱地码在船沿上卖，价格实惠，而且绝对新鲜。我走到那天唯一的那艘渔船旁，看见没有我想要的海红，有些失望，但看到那身穿皮夹克、头戴皮帽的老渔夫，大冷天中默默地用古老的台秤为顾客称鱼，那份淳朴与实在着实令人感动，我于是拎了两条鲜鱼回来。

鱼市上不仅卖东西，还提供各种服务。尤其是旺季的时候，在有的摊位上，人们可以把刚买来的活鱼让人宰杀、去内脏，如果愿意，还可以把刚处理好的鱼或海鲜送到另外的摊位上去，让人给现场烹制，然后就地解馋。市场上还经常有街头艺人或奏乐或歌唱，还不时会有抽奖之类的娱乐活动，那份缤纷嘈杂的热闹劲儿，老让人想起中国的庙会。

天色大亮的时候，我的手里也已沉甸甸地提满了东西，实在逛不动了，这才意犹未尽地离开。发动车子的时候，才注意到初升的朝阳，早起的感觉真好。

慕尼黑的木偶钟

　　巴伐利亚州的首府慕尼黑,除了有闻名天下的啤酒节,还有具有标志性意义的木偶钟。

　　位于市中心玛丽恩广场北侧的新市政厅,是一座气宇轩昂的新哥特式建筑,木偶钟就装在它的塔楼上。这市政厅看上去和1488年落成的圣女教堂差不多老,其实却是1908年才修建完毕的"新"建筑。它的塔楼有80米高,挂有43个大大小小的钟,最小的直径18厘米,重10公斤;最大的直径125厘米,重达1300公斤,43个钟总重7000公斤,是德国最大的音乐组钟,在欧洲排行第五。这些钟由六个不同的辊轴驱动,每月轮换,演奏四支不同的曲目。每天的十一、十二点,从三月至十月还有下午五点,这些钟都会定时敲响,随着音乐上演是两出精彩的木偶剧。从冬到夏,月月年年,每天音乐木偶剧开场的时候,玛丽恩广场上都会聚满了来自世界各地的游客,兴奋地仰着头、伸着脖子等待木偶们登场。

"木偶剧"的舞台是塔楼中部的一个凸出的挑楼。分为上下两层。这些"木偶"总共有32个,其实并不是木头做的,而是身长两米的铜质人偶,从下面往上看,他们当然显得很小,好似玩具。剧目的内容所表现的是慕尼黑的历史和传说。上层舞台重现了1568年巴伐利亚大公威廉五世和雷纳特-罗特林恩的婚礼上的一场骑士比武。一对新人坐在桌子后面,观赏骑士的表演。巴伐利亚的骑士身着金色的盔甲,他的马披着蓝白两色(巴伐利亚的标志色)的巾围,对抗以红白两色为披挂的哈布斯堡王朝的骑士,最后,当然是巴伐利亚的骑士取得了胜利。舞台的下层表现的是所谓的"桶匠之舞"。八个身着酒红色外套,系着黄色围裙的桶匠,以及一个站在酒桶上的小丑随着第三支曲子翩翩起舞。制桶是一个古老的行业,正在慢慢消亡,因为现代的啤酒酿造业越来越多地使用铝质的酒桶。据说,1517年,慕尼黑瘟疫流行的时候,桶匠们首次公开上演了他们的舞蹈,目的是为了鼓励人们生活下去的勇气。从此以后,每隔七年,桶匠们都会在巴伐利亚的最高行政官的面前表演他们的"桶匠之舞",最近的一次表演是在1998年。

　　对于游客来说,这音乐木偶剧是慕尼黑必看的景点之一,可是,慕尼黑人对此却显得没有多少兴趣。近些年来,人们发现,这些音乐钟的跑调现象愈发严重,究其原因,有些钟是因为日久年深和大气污染而变了调,有的却是从一开始就音不准。为了使它们在2008年慕尼黑市庆祝建市850周年时能够字正腔圆地重新"歌唱",市政府已对它耗资七十五万欧元进行整修。在整修过程中,"木偶"们还会和以往一样日日登台表演,但伴奏的乐曲将来自录音。

其实,木偶的表演不止日间三次。每天晚上九点整,还有一出为时只有两分钟短剧。帷幕拉开之后,先是从舞台的左边转出手握长戟,带着号角提着灯的守夜人,他巡视一圈,他的狗跟在后面。伴随着勃拉姆斯的《摇篮曲》,右边出现了由和平天使陪伴的"慕尼黑的小孩",这就是那个慕尼黑城徽上的小修道士,他的塑像站在新市政厅的塔楼尖顶上。当这个守夜人和"慕尼黑的小孩"各自走到对面之后,灯光就熄火了,慕尼黑进入了温柔的梦乡。

千里姻缘一树牵

德国东部靠近波罗的海的一个森林里,有一棵五百多岁的老橡树。早在一百多年前,这棵树就开始为寻找幸福的人们传递信件,在它的帮助和成全下,无数的男女相识相爱,共同步入婚姻的殿堂,它因此被称为"新郎树"。一直到今天,这棵橡树仍然每天都会收到贴着各地邮票的信件,德国邮政还为此专门给这棵树设立了一个单独的邮政编码,每日的信件都由邮递员亲自送来,这是世界上唯一的一棵有邮政编码的树。

"新郎树"的渊源可以追溯到十九世纪末。那时,守护这座森林的护林员的女儿爱上了来自莱比锡的巧克力作坊主的儿子,可是,女孩儿的父亲坚决不同意两人的来往。为了这份被禁止的爱情,两个年轻人想出了一个主意:他们把给彼此的信件偷偷藏在这棵老橡树的树洞里,如此书信往来,互诉相思。也许是他们之间不渝的恋情感动了老橡树,有情人终成眷属,一八九一年六月二日，这对新人在树下举行了婚礼。

这个故事不胫而走，从此之后，越来越多的年轻人开始给这棵树写信。这些信的性质和内容很像现代的征婚或征友，有具体的发信人，却没有具体的收信人。为了方便人们往树洞里投信或取信，一九二七年，树干上架起了一条长梯。在此之后不久，这棵橡树获得了德国邮电局给予的专用邮政编码，有了自己的官方地址。每天来给树送信的，是真正的邮递员，而信都是人们自发去取，因为树很有名，取信的人不仅来自附近地区，还有很多人千里迢迢来到树下等信。每天邮差来送信的时候，林子里往往就已经有人等着了，所以树的周围还修了一圈木椅。取信的人可以阅览所有的树洞里的信件，看到有合适自己的就把信带走。这幕情景日日都会上演，直到今天。

如今，这棵老橡树不知已经成全了多少对幸福婚姻。譬如克劳迪娅与弗利德里希就是通过它认识的。克劳迪娅十九岁的时候从电视上看到关于老橡树的报道，节目结束的时候打出了印有新郎树地址的字幕，她于是想，干吗不试一试呢。至于她真的会通过老橡树认识她未来的丈夫，这是她当时没有预料到的。弗利德里希从树洞里取出克劳迪娅的信的时候已经三十六岁了，却依然没有找到属于自己的幸福。他从母亲那里听说了新郎树，就不时过来看看。有一天，他读到了克劳迪娅的信，她的字立刻吸引了他。两个人于是开始通信、交往……如今，克劳迪娅与弗利德里希已经结婚二十年了，他们的儿子也已高中毕业，马上就要开始读大学。

邮递员卡尔·海茵茨·马滕斯在邮局工作了三十七年，其中有十八年的时间他几乎天天给老橡树送信。有一天，他在那沓信中发现了一封有具体的收信人的信——"新郎树的邮递员收"，那不正是自己吗？他打开了信，一个叫蕾娜特的女子在电视上看到了关于树和他的报道，对他很有好感，想认识他。马滕斯说，他们结婚至今已经十五年了，却相爱如初，收到信的那一天就好像昨天一样。

近一百年来，德国经历了世界大战、改朝换代，就是邮政编码也几经变更，但是这棵久经沧桑的老橡树却一如既往地承载着人们寄予它的厚望，它每天平均收到三封信，一年就有大约一千封。一年里老橡树一封信都没有的日子可以数得出来，不会超过一只手的数目；而且也没有滞留的邮件，第二天所有的信都会被拿走了。自从老橡树的故事被写进歌德学院的教材之后，这棵树就开始收到来自世界各地的邮件，从非洲、阿根廷、日本等地都有信寄来。

在如今这个互联网和iPod的时代，信息如此发达，寻偶的方式有那么多,却仍然有人写信给一棵树,这里面更多的是一种朴素的信仰,还是一种对浪漫的追求?无论怎样,老橡树的树洞里盛满了的,是人们对幸福的渴望。

北德风味炸小鱼

十几年前，我在德国国家电视二台做实习。早春的时候，在一天上午的例行选题讨论会上，总编导说今年的鱼季马上就要开始了，问谁去做这个报道？在座的各位记者立刻开始左顾右盼或是看天看地，很明显，没人愿意去。散会后，那个被派到这项倒霉任务的记者苦着脸对我说："这个破选题，年年都做，有意思没意思！"

我那时还不知道这是什么伟大的鱼，值得年年报道，这位记者告诉我说："就是Stinte！"看到我吃惊的样子，他马上就知道我听错了，很耐心地解释："这种鱼叫Stintfisch，不是'Stinkfisch'（臭鱼）！"

后来查过了相关的信息，才明白这Stinte是三文鱼（大马哈鱼）的一种，个头很小，只有15到20厘米长，可以称作"小马哈鱼"，颜色灰绿至粉红，鳍尾银白，身体微微透光；这种鱼通常生活在海中，每年春天的时候，它们会大批大批地逆流而上，到河流的入海口附近来产卵，这也是捕捞它们的最好时机。以前德国的河流大多清澈，每年鱼季的时候，河里的小马哈鱼数量惊人，那时候的人捕鱼连渔网都可以不用，把家里的洗衣筐拿来就是。工业革命之后，河水污染严重，洄游产卵的小马哈鱼越来越少，几近绝迹。近些年来，随着河水净化体系和环境保护意识的发展，河里的水重又逐渐干净起来，小马哈鱼的数量又开始增多。因为这种鱼很容易腐烂变质，所以如果要品尝小马哈鱼，最好是在每年二月到四五月之间的"鱼季"。

德国的几条大河如易北河、威悉河、埃姆士河等都是从南流到北，在北德入海，所以每年鱼季的时候，在北德地区，小马哈鱼就成了一道不可或缺的"季菜"。这鱼可炸、可烤、可熏也可以腌制，最常见的做法是油炸。把鱼去了头，撒上盐和胡椒，在面粉里裹一下，然后放进黄油里煎炸。由于个头小，一餐饭至少要有六至八条才够吃，人们经常用一根木签把好几条鱼串成一排，一排一排地炸。也有散着炸的，鱼季的时候，很多北德的餐馆都提供"炸小鱼尽饱吃"的服务，那小鱼一端上来就是满满一大盘，金灿灿的，配上蔬菜色拉和炒土豆。德国人吃饭有很多讲究，可是吃小鱼却直接用手。这炸小鱼连骨头都是酥的，吃的时候无须吐刺，既鲜又嫩，喷香可口。

当然，小马哈鱼并不是什么名贵的鱼，每年被人吃掉的也只占捕捞总数的一小部分,剩下的大多数都被当作鱼饲料卖给了水族馆或动物园。因为这种鱼天生带有一股淡淡的生黄瓜味儿,所以不是人人都喜欢,但是这并不影响小马哈鱼成为著名的北德风味。

芦笋与草莓

德国，尤其在北德地区，每年春夏之交有一道著名的季菜叫"芦笋"。这芦笋细细长长的，有一个圆锥形的头，放在水里煮熟后，浇上汁儿，配上土豆、火腿、炒鸡蛋等，便成了一道名菜。因为芦笋是细长的，这里还有专门煮芦笋的锅，也是圆柱形的，以免芦笋折断。从四月份芦笋上市之日起，到六月的某一天所有的报纸和电台都报道的芦笋下市之日为止，几乎德国每家人都至少要吃上一次芦笋，因为德国的气候原因种植的地域和时间都很有限，因而使德国芦笋成了稀罕物。但别的地方产的芦笋，比如西班牙或希腊产的新鲜芦笋，在德国普通超市里一年四季都有卖，至于中国来的瓶装芦笋更是屡见不鲜。可尽管如此，德国人仍在本国芦笋上市期间花三至四倍的价钱去购买消费自己的芦笋。

还值得一提的是德国的草莓。每年草莓上市的时候，都会插有一个充满自豪的标签："德国草莓"，并标有一个较一般外国草莓昂贵许多的价格。尽管如此，德国本地的草莓总是会被首先抢购一空。问德国人，为何如此偏爱自己的草莓，回答千奇百怪。有人说，德国草莓味道好，有人说，德国草莓用农药少，更贴近自然，更健康，还有人说，外国的草莓生产滥用廉价劳动力，剥削严重，买这种草莓等于支持剥削，等等。

可是没有哪个德国人会说，他这么做是出于爱国。德国人由于两次大战的原因，对自己国家的认同感可能是世界上最少的。没有哪个国家会像德国一样为了该不该以自己的国家和民族为荣这样的问题在国会里讨论来讨论去。好像一谈爱国就有了种族主义嫌疑。现代的德国是全球化的推动国之一，是欧盟的重要成员国，对欧洲经济共同体的成立有着决定性的贡献。但是欧洲经济一体化，特别是欧元的上市，也给德国经济带来了不小的冲击。比如不少大中型企业关闭在德国本土的工厂而到生产力比较便宜的东欧国家设厂生产，以降低成本。外国的廉价农副产品大量涌入德国市场，威胁了本国的农业生产，等等。对于这些问题，德国政府绞尽脑汁商谈对策。而德国的普通民众则自发地用实际行动维护自己的民族经济。可能很多德国人在购买消费本国的芦笋和草莓的时候并没有想到爱不爱国的事情上去，但他们却在有意无意之间支持了自己国家的农业生产。记得我和我丈夫还在上大学的时候,在超市采购时并不注意商品的产地,只要经济实惠就好。工作以后,特别是2002年欧元上市之后,我丈夫买一根黄瓜也要看一看是哪儿产的。同样的新鲜黄瓜,荷兰产的有时就比德国原产的要便宜一半,但他总会挑那根德国产的贵黄瓜。他是无论如何不会承认他这样做是出于爱国的,毕竟他也没娶本国姑娘。

劳动与自然

 我是在中国的大城市里出生长大的,农村好像特别遥远,和自然比较近的接触只限于每年一次的踏青;所以从小五谷不分,连土豆不是结在树上而是从地里挖出来的也是上了高中以后才知道。如今,我的孩子正处在认识世界的年龄,经常会问我,这是什么花,那是什么草?我却常常答不上来。去动物园或是森林公园,我一再地发现,很多动植物我都不认识,别说它们的德文名称,就是它们中文名叫什么我也不知道。

 像我这样的"自然盲"在中国的城市中并不罕见。我认识的很多博士、教授,才高八斗,学识渊博,却分不清鹿与狍子的区别;对于农作物的认识更是和我差不多一个水平。我想,造成这种现象的原因有很多,可主要应该还是观念问题。中国是一个农业大国,但是城乡差别却还很大,人们对农业或是其他与自然直接有关的行业如林业、牧业和渔业仍存有一种偏见;再加上自古以来教育理念和实际生活的脱节，认为读圣贤书的人不必弄脏双手去做体力劳动，在当今的激烈竞争面前，学生们更没有时间和精力去体验与考试内容没什么关系的东西。所以，很多人虽然认得照片上的生长在非洲大草原上的猴面包树，但是自家门前的树叫什么名字却不知道。

然而，在德国这样一个工业化程度很高的国家，情况却恰恰相反。德国的农业在国民经济中所占的比例很小，可给人的感觉却好像农田处处有，自然就在身边。德国小孩最早的儿童读物，几乎离不开一个主题：农庄。除了猫、狗和鸭子之类常见的动物之外，小孩子们认识最早的是母牛、绵羊和马。特别对马，小孩子们好像有特殊的感情，尤其是女孩子。骑马是一项很普及的体育运动，无论城乡；不少小女孩七八岁就开始骑马，有的父母还为孩子买上一匹，当然，这马既不能养在自家花园里也不能养在客厅里，得在郊外的马场租一间马厩。照料一匹马可不是件容易的事，不仅要喂料，打扫，还要定期给马洗澡、刷毛、看掌……可是，马的主人们，有的不过十几岁，却事事亲为，不怕脏不怕累，家住的地方离马厩很远的，就和其他的马主人轮流照料，但每周至少也得去个两三次，风雨无阻。

自己家里有花园的德国人，花园里的工作一般也是自己动手，无论是修整草坪，清除杂草，修剪花木还是浇水上肥，都是自己来，孩子到了一定年龄，也会在花园里帮忙。当然，德国不是家家都有花园，能够供得起一匹马作为爱好的德国家庭也并不是很多，但是德国人对自然的热爱却是很明显的。比如，每座城市都有一片或几片很大的树林，我和丈夫还在上大学的时候，我们的学生宿舍就紧邻一片树林，方圆几公里，进去以后好长时间出不来，春夏之日的清晨，每每被百鸟的合唱吵醒。毕业以后一同去了法兰克福，那可是德国几乎唯一的一个有着几座和纽约或香港一样的摩天楼群的城市，可是，周末的散步，我们常去却是美茵河边或是美丽的田间。后来，我们迁居到了北德的汉堡附近，工作依然在城市，可我们却可以说生活在田园，从附近的农民手里，我们直接购买新鲜的土豆、芦笋和鸡蛋，那种感觉，真是恬淡而喜悦。

近些年来每次回国，都会发现，都市正在大面积地侵蚀四周的农田，迅速地膨胀。在钢筋水泥的丛林里、嘈杂拥挤的车流之中，抬头难见一片蓝天。尽管人们越来越注重绿化市容，但是那些精心修建的城市公园被挤在周围的高楼之间，显得那么无助与牵强。而城里长大的孩子，熟悉的更多的是动漫与肯德基，而不是母牛与拖拉机；课余时间，父母希望自己的子女多接触"上层建筑"，比如音乐、绘画、外语和计算机，而不是与"经济基础"有关的劳动与自然。

　　近日读到一则报道，说是国内的一些很有实力的家长在暑假的时候不再送孩子去上什么特殊训练班，而是将孩子送到乡下去参加一段时间的体力劳动。这是多么可喜的消息！毕竟，对自然的热爱，对劳动的尊敬都不应只是写在书上的美德，而是可以身体力行的东西；在劳动中不仅可以丰富知识、培养自信，还让人学会珍惜；更何况，没有"经济基础"，又哪里会有"上层建筑"呢！

瓦格纳与拜罗伊特

　　拜罗伊特音乐节是德国著名音乐家瓦格纳1876年创建的演绎自己作品的音乐盛会。这个音乐节在德国享有很高的声誉，早就成了文化传统的一部分。自创建之初，几乎每年夏天，巴伐利亚东北部的小城拜罗伊特都会聚满了来自各地的社会名流，从总统总理到各界人士及媒体记者，皆华服云鬓。这样的音乐节本身就是一个奇迹，而且一百多年来生生不息。

　　曾经，瓦格纳的孙子沃尔夫冈－瓦格纳在执掌了拜罗伊特音乐节五十七年之后宣布秋天退休，谁会是他的继承人这个问题令德国各界与新闻媒体猜测了很久，为了争夺掌门人的位置，瓦格纳家族内部钩心斗角，沃尔夫冈前妻与后妻的两个女儿爱娃与卡特琳娜是最强劲有力的竞争对手，十几年来不断上演现代豪门恩怨。9月1日，这场权力之争终于有了分晓，这出"电视连续剧"最后以喜剧的形式收场——两个同父异母的姐妹共同主掌拜罗伊特。

理查德-瓦格纳是德国近代史上最伟大的音乐家之一，为了将自己的音乐发扬光大，他在巴伐利亚国王路德维希二世的资助下建了这座剧院。1876年该剧院落成首场演出时，德国皇帝威廉一世、巴伐利亚路德维希二世、李斯特、圣桑、柴可夫斯基等都参加了这一盛会，观看了《尼伯龙根的指环》的演出。瓦格纳去世后，先是由他的妻子，李斯特的女儿克司玛掌管剧院、指导演出；接着由他的独子资科夫利特接任，从1931年起到1944年，拜罗伊特的掌门人是瓦格纳的儿媳温妮弗里德。

温妮弗里德与希特勒之间的风流韵事是现代瓦格纳家族不乐意提及的一段历史。1923年，温妮弗里德与希特勒相识。希特勒上台之后，成了瓦格纳家的常客，特别是每年的拜罗伊特音乐节的开幕式，更是少不了"元首"希特勒。据说，希特勒曾向温妮弗里德求过婚，尽管婚姻未成，但两人之间的亲密却是有目共睹的。直到1980年去世，温妮弗里德对过去仍是念念不忘。

战后，因为拜罗伊特音乐节与第三帝国的亲密关系，音乐节停办了很多年。直到1951年，温妮弗里德的两个儿子维兰与沃尔夫冈-瓦格纳才开始在与纳粹划清界限的前提下重操祖业，以"新拜罗伊特"的名义重新开办瓦格纳音乐节。

如今的拜罗伊特音乐节，门票的价格在十几到二百多欧元不等，虽说不是很贵，但等待的时间却可以长达七年。当然，政要名流是不用等的。所以，这里也藏有很多"黑色的魔法"。很多德国人对于这项"传统"表示不可理解：为什么国家要花那么多的钱支持拜罗伊特音乐节？为什么拜罗伊特音乐节就不能像其他剧院一样自负盈亏？

　　传统的拜罗伊特音乐节给人保守、僵化的感觉。新出炉的继承人之一——卡特琳娜-瓦格纳却令人耳目一新。这位年仅三十岁的沃尔夫冈的小女儿，在今年的拜罗伊特音乐节上头一次大显身手，不仅如此，她还想通过新媒体的形式，把音乐节呈现给拜罗伊特之外的大众，这在拜罗伊特的历史上具有划时代的意义。

德国的"婴儿匣"

在近一个时期的德国媒体中,不时可以看到关于母亲杀死自己的新生儿或将年幼的孩子虐待致死的报道。有一位年仅二十一岁的高中毕业生,曾秘密产下三个孩子,在将其致死之后,她把尸体藏在了父母家里的车库之中。人们不禁会问,在德国这样一个科技发达,文明程度很高的社会,难道就没有现实可行的措施来防止此类悲剧的发生吗?其实,这样的措施早就有,而且不止一种。其中"婴儿匣",也被称之为"婴儿急救箱"或"婴儿窗",就是行之有效的方法之一。

为了获得关于"婴儿匣"的第一手资料,我曾专门走访了汉堡市阿通纳区的儿童医院。这所儿童医院始建于1859年,历史悠久,声名远扬。年届五十的前急救中心主治医师,现新闻事务负责人海那-局森顾特博士热情地接待了我。依据他的介绍,因为姓名权的原因,"婴儿匣"在他们医院被称为"婴儿急救箱"。设立这个急救箱的目的是为了帮助困境中的母亲，使她们在感到没有出路的情况之下，在情绪的极度慌乱之中不至于将刚刚生的婴儿杀死，或是草草丢弃在路旁或垃圾堆里，而是能够以完全匿名的方式将自己的新生儿送进"婴儿匣"。这个途径可以保证婴儿的安全，而且为法律所允许。在孩子被送进"婴儿匣"之后的八个星期内，母亲可以前去认回自己的婴儿。阿通纳儿童医院是汉堡市最早设立"婴儿急救箱"的三所医院之一。自2003年初设立这个急救箱以来，四年之内，医院总共接收了近十个弃婴。

"婴儿匣"最早出现在中世纪。十二世纪末，教皇因诺岑茨三世下令，在当时为众多的孤儿院的门上设一个类似旋转匣的装置，其目的是为了使婴儿的秘密遗弃成为可能，同时降低私生子的死亡率。在十四世纪的佛罗伦萨，由丝绸纺织行会出资兴办的孤儿院的"婴儿匣"，直到1875年还在使用。2000年4月，德国第一个现代"婴儿匣"在汉堡正式交付使用。同年，比利时的安特卫普也出现了"婴儿匣"。如今，在世界很多国家，如意大利、荷兰、南非、捷克、匈牙利、巴基斯坦等国，都设立了类似"婴儿匣"的装置，日本也在计划之中。根据相关报道，汉堡一家制造"婴儿匣"的厂家还收到了来自美国和中国的订单。

这个急救箱设在医院的地下室里，穿过长长的走廊，打开计算机室的保险门，与之连通的小小房间就出现在眼前了。这是一个始终保持35度恒温的大约五平方米的房间，临窗的一侧设有一张婴儿床，一面与外部连接，有个可以开启的"匣盖"，打开匣盖，婴儿就可以直接从外面被放入急救箱中，另外三面是和普通新生婴儿床一样的有机玻璃板壁，床垫是特制的，保持38℃恒温，床上床下还备有毛巾、尿布、脐带钳等应急物品。从外部看，这急救箱是嵌在窗户里的一个金属的匣盖，一条小路从救护车的入口处直通窗下，不仅在匣盖的上方，好几处的路标都在指明急救箱的方向，这是一个侧门，平时除了救护车，不准其他车辆或行人出入，因而有很大的隐蔽性。在匣盖的把手下方贴有一个小小的提示："此匣盖只能开启一次。"在婴儿被放入了箱内，匣盖扣上之后，警报系统就自动开始工作，急救科的医护人员会在几分钟之内到达急救箱所在的小房间，而在这期间，孩子的母亲可以有足够的时间，不被人发现地迅速离开。

这些婴儿在被发现之后，都会受到全面的检查，以确认这些孩子是否患有遗传或传染病，同时医院会通知青少年福利局，以解决收养问题。在孩子出院之后，通常会被儿童福利院或护理家庭暂时接收，直到正式被收养为止。通常这些婴儿的母亲不会打听孩子的下落，因而很难确认这一类人的社会背景。在医院这四年中接收的近十个孩子中，只有一个孩子被送回了自己父母身边。这个孩子出生于一个小康之家，因为母亲患有精神病，在精神恍惚之下将孩子送进了急救箱。最后是孩子的父亲和祖母经过千辛万苦找到了孩子。

在德国，除了"婴儿匣"之外，女性还有其他的途径和方式将孩子交付给社会，比如去医院匿名生产。尽管这是不合法的，但很多大医院提供这种服务。这个途径不仅可以同时保证母亲和婴儿的安全，而且也给孩子提供了一个了解自己身世的可能。那些不愿或不能保留自己婴孩的母亲来自社会的各个阶层，她们有的是意外怀孕的中学生，有的是暴力怀孕的牺牲者，有的正身陷经济或情感的危机等等。"婴儿匣"只是一种紧急救援设施，本身并不能解决问题，帮助女性走出困境，才是解决问题的关键，而这，需要全社会的共同努力。

幸运一分钱

德国人认为可以带来好运的东西多种多样,比如马蹄铁、四瓣的苜蓿、猪、七星瓢虫、扫烟囱的人等等,而其中比较流行的吉祥物是一分钱。可别小看这区区一分钱,在德国,它的作用可大着呢。

据说,这"幸运一分钱"起源于古罗马时期。当时的罗马人在过年的时候,有给神进贡钱币的风俗,意在免灾;这项风俗后来演变成了在新年的第一天早上给家里的仆人赠送钱币作为感谢。到了中世纪,小孩在接受洗礼之后,会收到由教父或教母赠送的"洗礼塔勒(旧币)"作为吉祥符或护身符,人们把这种"洗礼塔勒"钉在大门上,以防妖魔鬼怪的进入。德国马克中的分尼(硬币),其主要成分是铜,这种金属在罗马神话中是属于爱神维纳斯的,所以人们认为,身上带有一分尼,不仅可以辟邪,还可以提高爱的能力。如果给人赠送一分尼,那不仅是祝人好运,更有恭喜发财之意。

按照德国人的说法，放钱的地方如钱包里、保险柜底部、存钱罐里放有一分钱的硬币，会防止财富流失。要是把钱包作为礼物送人，里面可千万不能忘了放入一分钱，否则不但不会生财，还会漏财。在路上捡到一分钱是很吉利的事，可是只有"昂着头"，也就是不经意间捡到的钱币才可以带来真正的好运。如果把一分钱投到井里，那么最大胆的梦想也有成真的可能；如果钱上有洞，就可以带来更大的运气。因此，有人把一分钱打孔挂在脖子上，有人把它缝进床垫里……

　　不仅如此，一分钱有时还"身兼重任"：在给新房子打地基的时候，不少人把一分钱硬币埋进地基里；世界杯足球赛的时候，"幸运一分尼"是德国队不可或缺的吉祥物，它有时被埋在球门的门柱下面，有时被藏在教练椅下，有时被捏在手里……2002年，在它的帮助下，德国队所向披靡地打到了决赛，最后取得了亚军。2006年的世界杯，"幸运一分尼"更是功不可没，竟然将克林斯曼领导的被认为不堪一击的德国队领进了前三名……

　　2002年，德国正式开始使用欧元。对于很多德国人来说，与马克告别实在是一件勉为其难的事情。一直到现在，不少德国人仍然在心里将欧元飞快地乘以二，换算成马克，以此来估量东西的价格。对马克的眷恋，也是对逝去的一个时代的眷恋，在马克的陪伴下，德国走过了多少的风雨路程。当然,让许多人感到遗憾的,是"幸运一分尼"的一去不返。从2001年的岁末开始到欧元上市之后的一两年,德国街头经常可以看到出售各式"幸运一分尼"的商贩,这些分尼,多被打上了眼儿,还有的被镂空,将上面的那片树叶的形状凸现了出来,上方不仅有孔,还装上了挂钩,可以直接串在项链上。不可忘记的是,无论是2002年还是2006年的世界杯,都是"后马克时代"的事了,可是,人们埋的仍旧是一分尼,而不是已经上市的一欧分,可见德国人对马克的怀念。但是,对于更多德国人来讲,这"一分钱"究竟是"分尼"还是"欧分"其实并不重要,因此,这"幸运一分尼"很快地变成了"幸运一欧分"。

还有一种说法是,对一分钱的尊敬来自于一种"凡大事皆以小事为基础"的哲学,无论财富的多少,皆以一分钱为根基。对这种"小事"的在意和尊重,越发体现了德意志民族的勤劳和节俭。

幸福的瞬间

　　德国的深秋,阴冷而压抑,凄雨寒风中万叶飘零,夜也来得早,下午五点左右,天就落黑了。这样的季节里,人也很难会有明朗的心情。

　　十一月底的一个下午,天忽然放晴了。气温虽然很低,可是没有风,有淡淡的秋阳。和儿子两个人去田间散步。他骑着他的小拖拉机,兴致勃勃地跟在我后面。骑一段路,他就会停下来,到路边去拾落叶,先抓起一大把,然后再细细挑选出比较好的,放进车斗里,还没忘了"送"给我两片。有时骑得太快,他刚刚收集的叶子飞跑了,他就会不厌其烦地下车,把掉了的叶子再捡回来。我们的速度越来越慢,看见天色渐晚了,他的小脸也已经冻得红扑扑的,想到还有挺长的一段路要走,我有些心急,正要催他快走,他却指指我的身后,一脸惊叹的表情。我赶紧回过身去,田间小路上只有一个老妇人在遛狗,除此之外不见一个人影。我不解地看着儿子,他急急地指着我身后的天空叫我看，我这才注意到晚霞正映红了天边，粉红色的薄云像带子一样划过水蓝的天际，在初冬时能有如此亮丽的黄昏，我也不由惊叹起来。

小孩子的眼睛经常可以看到很多成年人忽略了的东西。日常的琐碎、事业的艰辛使我们无暇旁顾，童年时那份发现世界的好奇心以及少年时面对春花秋月而有的忧郁与憧憬都随着漫漫岁月逐渐褪色，我们脑子里想着的是赶路，看到的是远处山顶上可望而不可即的理想或目标，对于沿途的美丽风景，我们没有时间欣赏。

然而人生是一条永不回头的河流。多少良辰美景、平凡瞬间，若不用心体味，便会无声无息地从指缝间滑过，留不下一丝记忆。尽管佳节年年有，但毕竟年与年不同。看见夕阳下儿子小小的身影，帽子上的绒球随着他的脑袋来回晃动，我情不自禁地上去抱抱他，亲亲他的小脸蛋。孩子很快就长大了，尤其是男孩子，用不了几年就不许妈妈再这么亲他了，所以我要抓住机会。想到将来有一天，他像一棵树一样站在我身旁，我得仰着头和他说话的时候，在骄傲的同时，我肯定会有一丝怀恋，怀恋他幼时揪着妈妈衣角时的样子——就是现在这个样子。

这个时候，忽然传来惊鸿之声，我们一同抬起头来，只见两行大雁排成一个巨大的人字形，正从我们头顶飞过,由于飞得极低,连它们的面部表情似乎都看得见。我向儿子解释,大雁是候鸟,秋天的时候飞到南方去过冬,春天再飞回来。儿子似懂非懂地听着,并不看我,我也就不再说话,和他一起目送这群大雁消失在苍茫的暮色之中。

我相信,很多年之后,我仍会记得这个黄昏,记得我在这个时刻所体会到的平静和恬然的幸福的感觉。

难忘大学生活

　　我的大学，主要是在德国念的。在中国的外国语学院，我只念到三年级初就中断了学业，远赴他乡。那个寒冷的冬日，当我在法兰克福机场初次踏上德国的土地的时候，二十出头，未经世事，孤身一人的我，不知前路会是怎样，那份茫然却又无所畏惧的心情在十几年之后的今天，依然记忆犹新，仿似昨日。

　　德国，海涅说是"一个冬天的童话"，天冷，人也冷。一年中几乎有一半的时间，树上没有叶子；而德国人，也多是内向含蓄，容易给人拒人以千里之外的感觉。对于举目无亲的异乡人而言，这种寒冷有时可以透到心里去。日子久了才发现，德国的色调虽然凝重但却持久，而与德国人的友谊，一旦真正建立，便也如好酒一般，愈久愈醇香。

　　上大学的那些年里，我的生活中尽管有假期打工的艰辛，应付考试的繁忙，过节想家的惆怅以及爱情破灭的悲伤,但时过境迁,回想起那段日子,我看到的首先是那缤纷的色彩,那份不施脂粉的年轻。

我主攻的专业是日耳曼语言文学,和土生土长的德国同学一起读歌德、席勒,那份艰难可想而知。刚开始的时候,我上大课就像坐飞机,云里来雾里去;上研讨课时则沉默得像一座坟墓,坚决不开口说一句话。不管是写论文还是考试,都是只求过,不求好。一直到了基础阶段过后,进入了主要学习阶段,我才慢慢主动起来,在学习中感到了无穷的乐趣。也是到了这个阶段,我才发现听上去很硬的德语原来也可以这么美,会被歌德的诗感动得流泪。上课时我也开始发言了,也曾报名参加教授组织的考察团,去捷克做报告或是去东部探寻莱辛的足迹。当我最后以很好的成绩毕业的时候,看到和我一起入学的德国同学们,有的早已中断了学业,有的离毕业还差得很远,心中的骄傲是不言而喻的。当然,语言过关是学业顺利的前提。我的德语之所以后来能够突飞猛进,除了通过学习之外,更多的是来自生活。

德国的大学生不一定非得住宿舍,但一般的大学生宿舍有政府的补助,设施齐全,租金便宜,是多数学生的理想选择。我所在的B市有好几处大学生宿舍,我住的那一处,位于城市的边缘,背后是一片很大的树林,有一条小河静静流过,我们的宿舍也因此而得名,被称为"顺特河边的大学生宿舍"。这"顺特"包括了三幢楼，围绕着中间的一个小湖，湖边是学生俱乐部，里面有一个小小的影院，一个只有放电影或是开派对的时候才用的酒吧，宽敞的大厅里经常举办各种活动。这三幢一模一样的楼是上世纪六十年代初建的，维修保养得很好，设施也是一应俱全。每个楼层住二十一名学生，共用一个偌大的厨房和起居室。平日里，大家在学校里各忙各的，中午也一般在学生食堂就餐，但傍晚的时候，从学校回来，舍友们聚在厨房里一起做饭，谈天说地，发发牢骚，一整天的疲劳也就散尽了。最迟在八点钟的新闻开始的时候，大家就已在起居室的电视机前落座，一边吃晚饭，一边看电视，一边说笑斗嘴，那份融洽的家庭气氛至今难以忘怀。想清静的，回到自己的房间，关上房门，所有的喧嚣就停止了。那十一平方米的窄小房间，里面只有一张写字台，一把椅子，一大一小两只柜子，一张可以伸缩的床，白天推进去可以当沙发用，晚上拉出来便是床。衣橱的对面是一个用挡板隔开的洗手池，全天都有热水。条件虽然简陋，却是自己的空间。我尽可能地将我的小天地布置得温馨舒适，几株植物，几张相片，一盏在旧货市场买的细纱台灯，一套中国的茶具，小小的房间一下子就有了人气。我们楼层的二十一个人中，除了我是中国人，还有一个突尼斯人，一个平时打不上照面的日本人以及一个更是神龙见首不见尾的伊朗女孩，其余都是德国人。这些德国同学，平日里看着爱答不理的，有时甚至冷若冰霜，其实大都是乐于助人的好心人。无论在生活中遇到了疑难还是学期论文需要校对，他们一般都会热心帮忙。我们经常在春天的晚上打着手电筒一起去树林里跑步，夏天在阳台上或是湖边烧烤，秋天的时候做所谓的"洋葱蛋糕"喝半成品的白葡萄酒，冬天漫长的夜晚则会聚在厨房温暖的灯光下玩带棋盘的各种游戏。周末一起出去看电影，看展览，或是逛集市，有时也去跳迪斯科。这些活动丰富了我们的课余生活，也使我们中的好几个人成了很铁的朋友，直到今天。我由此了解了德国人的日常生活和思维方式，而且在语言上也取得了长足的进步，对此，我至今心存感激。

"顺特"有两项自宿舍建成之初就有的"传统"，被后来的学生代代相传并发扬光大。一是在每学期开始的时候。开学前一天的夜里十二点，二号楼的窗口会准时传来《请为我演奏死亡之曲》的旋律，这是美国一部同名西部片的主题曲，巨大的音乐声回荡在三幢楼之间，"悲壮"地宣告新学期的来临。还有就是每年的五月节。四月三十日这一天，德国很多地方都会举办大型的派对，称之为"跳舞进五月"。"顺特"当然也不例外，只是我们的五月节还有一个特别的节目，就是沿用德国中部哈茨山的风俗,在这一晚烧掉一个纸做的女巫。四月三十日的白天,学友们就将一个用纸和稻草扎的小人儿竖在了湖中心,五月一日的零点,俱乐部里派对正酣的时候,几个人划了小艇,到湖中央把草人点燃,熊熊火焰升起的时候,不少人击掌欢呼,庆贺春天的到来。因为总是烧女巫有歧视妇女的嫌疑,为了男女平等,"顺特"的传统也做了相应的转变:变成上一年烧女巫,下一年烧巫公,如此交替进行,前嫌尽释,皆大欢喜。

当然,大学生活并不只是欢欢喜喜,歌舞升平。对于很多学生,特别是像我这样的外国自费留学生而言,还有一项艰苦的任务,那就是打工。那些年里,为了挣够生活费,每个假期,我几乎都是在辛苦地工作中度过的。我打过的工各种各样,从养老院到印刷厂,从糕饼店到大众汽车公司的流水线,尽心尽力,不敢怠慢。有时下班回来,累得半死,饭都不想吃,倒头就睡,一直睡到第二天上班前为止。记得打第一份工时,在印刷厂,每天要将印好了的纸盒子从模板中拆出来,纸硬如刀,手上总是被割出无数个不出血的小口子,当时并不觉得疼,回家洗完澡拧毛巾,那痛可谓钻心。可是,心中的那份扎实的感觉,那份终于可以自己挣钱养活自己了的快乐,却是无与伦比,令我至今怀念。

如今,大学生活已经过去了好些年,回想起那口袋里没有多少钱,却又好像装着整个世界的青春,那份可以为很简单的事雀跃欢呼或者黯然神伤的单纯,好像才是昨天的事,却又已经渐行渐远。小时候觉得浪迹天涯一定是很浪漫的事,人在异乡之后,才发现,漂泊中有多少的艰辛,而回乡的路是多么的漫长。好在,艰难的背后是阅历的增长,孤独过后是对幸福的珍惜。那旅途中的欢笑眼泪,我会一一珍藏。

老姑娘,老盒子

结婚在德国,早已不再是生活的必需;近些年来的统计数字表明,德国人结婚越来越迟,离婚率也越来越高,平均每三对夫妇中就有一对分道扬镳;这其中的原因多种多样:比如现代人崇尚个性,不喜束缚,愿意过自由自在的生活;随着女性受高等教育的比例不断提高,越来越多的女子先事业后家庭,不想早早把自己拴住。还有不少德国人更乐意同居,这种没有婚纸的实际婚姻在这里被称为"野婚",两个人共同生活,养儿育女,和"正常"夫妻没有什么大的区别,只是分手比较容易,没有离婚时的财产分割,抚养权、费等问题。德国又是一个高福利国家,各项社会保障比较健全,因而使个人对家庭的依靠相对较小,很少有人只是出于"老有所养(靠)"的愿望而结婚生子。但是,在民间,有关婚嫁的习俗却没有因此而消亡,和过去不同的是,现在的人对此只是带有玩笑的心情,目的是为了开心,而这些风俗本来的象征意义早已退居二线了。

　　先来说说待字闺中的"老姑娘"的"遭遇"吧。按德国的旧俗，女子二十五岁若还未嫁就可以称"老姑娘"了；而"老姑娘"经常被称为"老盒子"，为了宣告这"老盒子"时代的降临，二十五岁生日那一天，亲友们会将许多纸盒子，包括空烟盒，旧巧克力盒等等串成一大串，挂在显眼的地方，屋檐下，或花园的大树上。我二十五岁的时候，住学生宿舍，我的舍友们将好几个破纸盒子串起来挂在了我的房门上，早起开门惊见，笑得直不起腰。

　　如果说二十五岁生日还不算多么"惊险"，那么这三十岁生日就"难过"得多了。在德国，市政厅是登记结婚的地方，为了铺平通往市政厅的"婚路"，三十岁而未婚的男女可就要付出很大的"代价"了。女孩子可能会在三十岁生日这天被前来庆贺的亲友们强迫穿上清洁女工的衣裳，手里塞上块抹布，被"押"到市政厅去擦那多半是铜制的把手，一直擦到有一个过路的单身男子上来亲吻她为止。有一个冬日的午后，我和丈夫散步路过市政厅门口，正好撞上一大群手拿香槟酒的祝寿人群，看见我们，其中一个人走上前来，问我丈夫愿不愿意去替那正在猛擦门把手的女寿星解一下围，亲她一下，我丈夫指指我，为难地说，我可不是单身啊，没想到那个人说，没关系，她都擦了这大半天了，我们也都快冻死了，您就救她一把吧。我丈夫这才仔细看了人家姑娘一眼，那模样可真叫眉清目秀，唇红齿白，他就立刻放开了我的手，正正衣领，上前扮演骑士去了。可惜我不到三十就结了婚，错过了让陌生俊男亲吻面颊的机会。到了三十岁还未娶的男子则会在生日这一天被亲友们轰到市政厅的门前去扫地，以求来年婚运顺畅，一直要扫到一个过路的处女上来亲吻他为止。可惜在德国要找到个婚龄的处女，简直比大海捞针还难，所以现在只要求是一个独行的女孩就成。

德国式的婚庆，从婚礼前夜就开始了。在这一天晚上，准新娘的家中要热热闹闹地举办一个所谓的"闹婚之夜"。所有前来祝贺的亲友都会带上一两件自己家里不用了的旧瓷器，而准新娘则要在众目睽睽之下将这无数只碗碟、花瓶什么的摔得粉碎，以求婚姻幸福。在德语中有"碎片带来好运"一说，有点像中国的"碎碎平安"；但是这摔碎的必须是瓷器，打碎玻璃可就是不吉利的事了。在德国北部，还有人在"闹婚"时将准新郎的裤子偷出来烧掉，或者把准新娘的鞋子钉在树上，这样他们就没法逃跑了。我们村里经常举行"闹婚仪式"的旷场大树上钉着好多双女鞋，经过风吹雨打，早就没了颜色。

尽管人们对于婚姻的看法在不断发生着变化，尽管现代人的聚散分离好像比过去的人要轻松频繁，但是，教堂的钟仍旧日日敲响，婚姻，仍旧是多数人理想中的幸福彼岸。

结婚十年

　　时光在不知不觉之间悄然流走，好像是一眨眼的工夫，我和保罗竟然已经结婚十年了，回想经历的磕磕碰碰，却又不乏温馨时刻的岁岁年年，感觉像是在梦中。

　　认识保罗的时候，我二十三岁，到德国刚刚一年。那时，我在哈勒读完了预科，正式转入B市的工业大学攻读日耳曼语言文学专业。那一年秋天，我搬入了"顺特河边的大学生宿舍"，而保罗就和我住在同一层楼上。记得搬进宿舍那一天，保罗和其他几位舍友正在走廊里聊天，看见我就迎上来，很热情地自我介绍，然后啧啧惊叹："你才来德国一年，怎么德语就会说得这么好！"我赶紧假谦虚地说哪里哪里，心里其实非常喜欢听到类似的评论。我为此多看了这个人一眼：高高大大，金发碧眼，挺英俊挺友善，但是我有一天会和他共同步入婚姻的殿堂，却是我当时无论如何也不曾想到的。

　　后来我知道，保罗比我大不到四岁，读的是机械工程,我开始上大学的时候,他已经写完了毕业论文,准备攻博士了。俗话说异性相吸,我和他有那么多的不同——他是男的,我是女的,他是德国人,我是中国人,他是学工的,我是学文的……可能也正是因为这些不同吧,我们的生活才有滋有味,虽然也有战火硝烟,但是绝不寂寞。记得有一次上街,在一家土耳其烤肉店里看见一个小女孩,头上扎着一个很惹眼的大蝴蝶结,我看着这女孩那么可爱,正要夸奖她"头上的花真好看"时,保罗插话了:"嗨!小丫头!你头上的螺旋桨好神气!"

我们的家庭生活中当然少不了文化差异带来的冲突。比如,保罗有着典型的德国式的直接,想什么说什么,这使我这个死要面子的中国人不时感到难堪;饮食方面我们倒很对胃口,以前从来不能吃辣的他,被我培养得一吃饺子,就先在调料碗里放满满一勺辣椒,然后倒上醋和酱油;头一次和我回中国时,他的感觉是经历了一场"文化休克",可是后来,每次回中国,他都比我还高兴,高兴"又可以吃到你妈做的菜了"。

男人是长不大的小孩子,这个好像放之四海而皆准。保罗就有着一颗不泯的童心。我怀头一个孩子的时候,我问他想要男孩还是女孩,他说男孩女孩都无所谓,只要别生出一辆自行车就成,想了想又说,不过嘛,要是个男孩就更好了;我问为什么,他说这样就可以和儿子一起玩小火车了，而且还可以出去远足野营航海什么的，我说这些也可以和女孩子一起干啊，他不以为然地摇摇头，说女孩子麻烦，没劲。结果我们的头一个孩子还真是个女孩，自从我们俩一起剪断孩子的脐带那一刻起，保罗就毫无保留地爱上了她。两年之后，当我怀第二胎的时候，再问他这次想要什么，他想都没想就说还要女孩，知道他是尝到了女儿的甜头，可惜偏偏事与愿违，这次是个男孩，看见他若有所失的样子，我赶紧安慰他：这下子你可以名正言顺地买模型火车了！他一听对呀，怎么把这茬儿给忘了，立刻眉开眼笑。

德国夫妇之间彼此的称呼多种多样，除了听不见"杀千刀"之类的，其他什么都有。有人爱把自己的太太昵称为"小耗子"，"小兔子"什么的，因此就有一个说法，说随着结婚年头的增长，那动物也就会越变越大：先是小耗子，小熊，然后就成了蠢鹅、笨山羊、傻母牛……我在和保罗吵架的时候也曾实现过从"小耗子"到"傻母牛"的飞跃，但总的来说还停留在"小动物"的阶段。

生活如饮水，冷暖自知。我们的婚姻虽称不上波澜起伏，却也不总是风平浪静；回首十多年来共同走过的路程，那脚印步步清晰。今后的道路上，肯定还会有风雨和坎坷，但是只要两个人心心相印、携手前行，那么，每天都会是一个晴朗的日子。

青春的背影

一天傍晚，保罗下班回来后，忽然问我："你还记得咱们上大学时候的那个迪尔克·格兰德吗？"我正在切菜，从案板上抬起头，对他说："当然记得，简妮过去的男朋友。怎么了？"他说迪尔克把他从谷歌里搜出来了，今天收到了他发来的邮件和照片，我听了很兴奋，停下手里的活儿，叫保罗赶快把邮件给我看看。这一看不要紧，我吓了一大跳，记忆里那个一头浓密的暗金色头发的迪尔克竟然谢了顶，身体也有了中年人的福相，只有那文质彬彬的微笑仍如从前，他在邮件中写道："也许是人年纪大了的缘故吧，我现在变得多愁善感起来。我想把以前的老同学都一个个地找到。真高兴今天通过谷歌把你给搜寻出来了……"

我读着这一行行的字，再看看迪尔克的近照，心里掠过一丝岁月无情的感慨。吃罢晚饭，我和保罗把以前的相册拿了出来，吹去上面的浮灰，照片一张张地翻过去，我们又看到了正在阳台上给大家烧烤的丹尼尔、骑在马上的安妮、在公共起居室里布置圣诞树的简妮、坐在滑翔机里的托马斯、在派对上开怀大笑的迪尔克和保罗、正在专注地下棋的我……这些日子真的已经过去了这么久了吗?

　　那个时候,我们是多么的年轻啊。迪尔克戴着大框子的眼镜,保罗的头发都立在头顶上,我则竟然会穿镶有那么多花边的衬衣!我们两个就好像头一次看到这些相片似的,对自己当时的打扮惊奇不已。我们那时都居住在大学生宿舍的同一个楼层上,白天各上各的课,傍晚回到宿舍就是自己的时间。我们一起出去跑步、游泳、骑自行车,也不时结伴去看电影或是旅行。有的时候,大家会凑份子买特别的食材,然后在厨房里一起做了吃,吃饱喝足之后,大家就会拍着滚圆的肚皮,穿上外套,徒步走到一公里外的加油站去买火柴盒大小的小瓶烧酒,一人一瓶,干杯喝下,从食管一路辣到胃里,算是消食。

　　说到做饭,我们兴致勃勃地想起了当时众人在厨房里显出的十八般武艺:卡斯滕不管做什么菜里面都要放洋葱和蒜,他一做饭全楼道香气四溢;安尔纳经常在超市买最简单的冰冻比萨饼,回来后自己往上添料,将火腿、橄榄等撒到比萨上,上面再铺一层厚厚奶酪;简妮烤得一手好蛋糕,烤好之后总会与大家分享;我那个时候只会下面条,有一次想尝试炸辣椒,结果把大伙呛得口鼻生烟,都说我研制出了化学武器……

　　每天晚上,大家都会端着做好的晚饭,集中在公共起居室的电视机前,边看电视边吃边聊,几年下来,成了习惯。一直到今天，我和保罗还时常在周末的晚上，把孩子们早早打发上楼，做一顿我们两个人非常爱吃的东西比如橄榄烤鸡，然后端到客厅的电视机前去享用，这也算是对过去的学生生活的一种怀念和延伸吧。

张爱玲说："照片这东西不过是生命的碎壳；纷纷的岁月已过去，瓜子仁一粒粒咽了下去，滋味个人自己知道，留给大家看的唯有那满地狼藉的黑白的瓜子壳"。我倒不这么认为，因为我留下的照片是给将来的自己看的，就像现在正手捧着老相册回忆旧时光的我们。每一张的照片都记录了一段成长的足迹，我可以回忆起当初那些年轻的心情。我感到很庆幸的是，我有一个可以和我分享这些美好记忆的人，那就是我当初的同学、现在的丈夫保罗，我们见证了彼此的青春，一起长大，也正在一起慢慢变老。

如今，青春只留下了背影。在慨叹之余，我也知道，人生是一条单行线，这都是生命里不可避免的必然前行。

我对保罗说，让我们来组织一次同学会吧，又是多少年各奔东西。他想了想，说，好。

我们的"香菜婚"

几年前，我写过一篇关于德国"香菜婚"的文章，这好像才是昨天的事情。谁想日月如梭，一转眼的工夫，就轮到我们自己"香菜婚"了。

在德国北部，结婚十二年半是一个特殊的纪念日，被称为"香菜婚"。这"香菜"（Petersilien）与中国的香菜（"Koriander"）味道不同，却都是用来做调味品的绿菜，在德国很常见。"香菜婚"的含义看似简单却又充满了韵味：夫妇二人已经一同走过了半个银婚，在这么多个春秋之后，两个人不能认为婚姻生活已是理所当然，而是应该不断保持感情的年轻和新鲜。香菜不仅代表了绿油油的生机，而且最重要的是，它是一种调料，有了它，饭菜才会更可口；但是，放太多也不行，还得适量；这就是生活的艺术了。

"香菜婚"的庆祝方式也和德国的普通庆典不同：在这一天，过"香菜婚"的两口子可以袖起手，什么都不必准备，而他们亲朋好友们则会像天兵天将一样不请自来，亲友们不仅会自己带着吃喝前来，有的甚至会连碗盘刀叉都自己带上，吃完之后再把用脏了餐具带回家去洗，因为是无约而来，所以就尽量不给主人"添麻烦"。

我们"香菜婚"的那一天是个星期日，事先已有朋友转弯抹角地问过我们那天在不在家，所以我们知道肯定会有人来，但是具体会来多少人，我们心里并没有数，只准备好了够一个连的人喝的酒水，数了数家里的盘子和酒杯,就开始守株待兔。

十一点刚过,第一批朋友驾到。他们带来了伴有香菜的鲜花,女友碧尔吉特还专门为我们订制了香菜花环和胸针,我把花环戴到头上,我丈夫将胸针别到胸前,这使我们成了地道的"香菜新郎新娘",把酒道谢的时候,还真有"新婚"的感觉。

那天一直到下午五点,朋友们一批一批地到来,我们的厨房里放满了大伙带来的七碗八碟——有生菜和土豆色拉、烤猪肉、意式前点、马哈鱼卷饼、点心、蛋糕等等,好吃又好看,为了避免重复,他们事先商量好谁带什么吃食,有的朋友为了烤好那块巨大的猪肉,折腾到前一天夜里一点半;还有的因为想带的鲜果点心不能隔夜而起个大早准备……这些都让我们万分的感动。

"香菜婚"是一场主人无法自行计划的庆典,也正因为如此,每一个客人都是一份惊喜。我们没有料到真会来那么多的人,那种喜悦无法尽述。我想,很多年之后,我们仍然会带着感激的心情回望这难忘的一天。

在德国生孩子

生女儿的那一年，我们还住在法兰克福附近的奥芬巴赫。离预产期还有三个月左右的时候，我们开始寻找合适的医院。接下来就是参加"产前学习班"了。这是德国医疗保险提供的服务项目之一，服务对象不仅是准妈妈们，准爸爸也可一同参加。我们夫妇于是在离家较近的大医院——科特勒医院报了名。以后的七个星期，我们每个周二晚上都一同去医院参加学习班，与我们一起的还有七八对夫妇，我们与他们后来建立了不错的友谊，直到我们离开奥芬巴赫为止。

在这个"产前学习班"上，除了关于生产的各种基本常识，准妈妈们还要学习可以减轻阵痛的深呼吸法，准爸爸们则要学习如何辅助自己的妻子顺利生产。当然还包括产后护理以及如何换尿布等等。记得最后一次上课的时候，我们每人都分到一朵六瓣的纸花，我们得在花瓣上写下对这个马上就要出生的孩子的愿望，每人可写六个愿望。我考虑了半天，想到这个孩子将会是个女孩子，就写下了"美貌"、"幸福"、"自信"、"智慧"、"宽容"和"自立"；我丈夫在花心里先写上了"我祝愿我们的女儿……"然后在花瓣上依次写下："健康"、"平和的内心"、"正义感"，"实现梦想的力量"、"宽容地对人对事"，"爱与安全感"。这个学习班不仅为准妈妈准爸爸提供了实践上的帮助，也在心理上为我们做好了即将为人父母的准备，这也是我喜欢上这个学习班的原因。

11月10日，距离预产期还有一个星期，我早上起床发现羊水破了，于是匆匆带上早就准备好的住院用的背包，和丈夫两个人上科特勒医院去。出门之前他还说："等我们回来的时候，就是三个人了"，说的时候满是紧张与兴奋。两天之后，11月12日，经过了各种手段的催产和引产，我们的女儿终于来到了人间。整个艰难的生产过程中，我丈夫都守在一旁，给我精神上的鼓励。当最后的阵痛来临的时候，我痛得鬼哭狼嚎，他在一旁也跟着控制不住，哭出声来。出院检查的时候，大夫对我说："您丈夫那天哭得很厉害哟！"我呵呵一笑，对她说："那是因为他从来没经历过生孩子，吓的。"

在德国没有坐月子一说，但是产后服务却很周到。我们在产前就可以"预订"一位护士，等大人孩子出院之后，这位护士就会来家访，检查产妇的恢复情况，提供喂奶等方面的帮助，给婴儿称体重做检查，刚开始时天天都来，以后可以根据个人需要慢慢递减，保险公司提供十次家访的费用。我们的护士Olga是个很随和的年轻女人，每次来会先帮我把所有的窗户都打开透气，我总是很惊恐，那时都十一月下旬了，外面已经很冷，我不想着凉。当然，在我的脑子里，还存留着中国式坐月子的禁忌，比如不能洗头、不能见风、不能碰冷水等等。现在想想，这些"禁忌"里究竟有多少真正科学的东西确实有待讨论。

产后服务里还包括一项重要的内容，那就是"产妇恢复健身操"。产后四至六周就可以去报名参加健身班，免费去十次。一般来说，生完孩子之后盆腔底部的肌肉会有松弛现象，这种健身操的目的就是为了使之迅速收缩和恢复。我去过几次之后，就发现我在很多功能上不仅恢复得很快，而且甚至比产前还好。

为了生孩子，我丈夫请了四周的假，专门在家照顾我们，但就是这样，我们两个大活人被一个刚刚出生的嗷嗷叫的红彤彤的小东西折腾得四脚朝天、晕头转向。直到圣诞节，情况才逐渐好起来，我们也才能享受为人父母的喜悦与骄傲。

但是，无论当时怎样的忙乱和疲倦，我们两个人都不曾后悔过一分钟。我们的女儿是我们最灿烂的小星星，照亮了我们的人生。

浮出水面

如果说女儿的出生像是艰苦长征后的一场血战，那么儿子的出生就好像是一首动听的歌曲，旋律悠扬婉转，歌词喜悦流畅。

怀着儿子的那一年，我们已经举家北上，迁到了汉堡附近的一个村子里，买房置地。我还记得我当时挺着个大肚子楼上楼下地收拾东西、在花园里割草，现在想来，那一场辛劳对我日后的顺利生产起了不可估量的积极作用。

1月8日的夜里，我上床睡觉的时候就已经感觉到了下腹的胀痛，但程度很轻，还可以睡得着觉，于是没有在意。凌晨四点多的时候，我迷迷糊糊之中觉得阵痛的间距已经很短，摇醒丈夫，说好像不对头，是不是要生了，他一听紧张起来，马上起身穿衣，出发去八公里外的哥斯塔赫特医院。

在产房门前按铃的时候，我心里依然七上八下，以为会立刻被人轰回去，没想到助产士一听我的阐述，立刻就让我进去检查，结果发现子宫口已经打开了9厘米！好家伙，没想到生产过程的一大半都让我给睡过去了！

这一次我要求水下生产，那天很庆幸，产妇不多，那间带产缸的产房空着，所以我顺利达成所愿。在做了CTG和产前的最后一次超声波检查之后，我被带进产房。那房间非常大，正中央是一个紫红色的椭圆形产缸，像个小型泳池，有台阶和扶手。房间的一端是普通的产床和给新生儿洗澡用的水池以及各种医疗器械，另外一侧是隔开的卫生间。这时已快七点，天还没亮，房间里柔和的灯光给人温暖的感觉。

我刚上产床不久，阵痛就开始加剧，在我考虑该不该开始用呼吸法减痛的时候，助产士已经在产缸里蓄满了水，问我要不要现在就宽衣下水放松一下。我点了点头，连说话的力气都没有了似的。刚勉强站起身来，就感觉孩子要出来了，赶快脱衣下水。这期间助产士已经叫来了医生。这位医生很年轻很腼腆，看上去像是刚从医学院毕业的学生。她自始至终贴着墙根站着，直到孩子出生才上来跟我握手道祝贺。

产缸里的水很暖和，我一个人坐在水里，助产士站在产缸前，我丈夫从后面托住我的后颈，医生像个没事人一样远远地注视着我们。我有点疑惑：产缸那么大，助产士又不跟着我下水，真到关键时刻她可怎么帮我呢？

不容我多想，一次撕裂般的阵痛过后，我低头一看，孩子的脑袋已经露出了一半！他的小脸冲下，我可以看到他茸茸的胎发。我吃了一惊，赶快叫助产士。她当然也看到了,微笑着让我不要慌,没有要采取任何措施的意思。再一次的阵痛之后,孩子的头整个生了出来,我大叫起来,并转头去看医生,她也和助产士一样微笑着,一点儿不急。接下来的阵痛中,我轻轻一推,孩子就整个滑了出来。这时我条件反射似的伸出双手,抓住他的小身体,一把将他拎出水面。

儿子一浮出水面,就鱼儿一般张开大嘴哭将起来,声音洪亮,气壮山河,整个小脸上就看见他的一张嘴,我甚至觉得可以通过他的气管看到他胃里去。我紧紧地抱着他,对于我们而言,他的哭声就是世界上最美的音乐。

和丈夫一起剪断了孩子的脐带,胎盘也顺利脱落,这时生育过程算是正式结束,医生和助产士都上来与我们握手道贺。在起身离开产缸的时候,我脚步轻盈,身上好像有着可以拔树的力气。

儿子从一出生就没有离开过我的左右,不像当年女儿降生之时,因为我筋疲力尽的缘故而在婴儿室待过两晚。我想,这也是为什么女儿与我好像有着天生的隔阂,而儿子却小鸟似的无比依恋我的原因之一。

如今儿女都不是小小孩了,看着他们一天天地成长,我和天下所有父母一样,心里面交替着喜悦、烦恼、欣慰和焦虑,但是,这不就是生活的本身吗?

青梅竹马

　　一天中午,儿子兴冲冲地从学校回来,小脸儿红扑扑的,踢掉鞋子,气都来不及喘,就从书包里拿出一个鼓鼓囊囊的信封,说这是玛丽亚给他写的信,她专门嘱咐他,要他到了家才能打开。我一看那个信封上贴满了花花绿绿的贴片,画了一个大大的红心,写有"给艾里克"的字样,可能是为了保密,也可能是害怕里面的东西掉出来,那信封被好几条透明胶带五花大绑,封得严严实实。我于是问儿子:"你要我帮你把信封打开吗?"儿子迫不及待地点点头,我一边从抽屉里往外拿剪刀,一边得寸进尺地问他:"我可以知道里面的内容吗?"儿子又赶紧点点头,我知道,我现在还是他最亲近的人,他从来没有遇到过女孩子给他写信的事情,有些不知所措,当然希望我能做他的军师。

　　花了半天工夫,那信封终于被打开了,里面掉出来好几块糖,还有一个纸做的四瓣的苜蓿,用一根红色的毛线穿着，我们都晓得四瓣苜蓿在德国是好运的象征，肯定是玛丽亚自己做的护身符了。把这些东西都先放在一边，儿子展开了信纸，急急地看了一遍，他的小脸越发地红了，有些不好意思地把信递给我，表情里有不安、局促，也有掩饰不住的喜悦。我接过信，那上面用清晰秀丽的字迹写着："亲爱的艾里克，你愿意和我交往吗？如果你答应，我会非常高兴的，因为我爱你……"我差点儿跌了眼镜，这才是刚上三年级的小学生啊！

我赶紧问儿子，你也喜欢玛丽亚吗？这个问题其实是明知故问。儿子与玛丽亚从穿尿不湿的时候就认识，后来又一起上幼儿园、上小学。玛丽亚是个聪明又可爱的女孩子，金色的头发，碧蓝的圆眼睛，她学习非常好，是他们班的班长；儿子是个典型的调皮捣蛋的男生，上课爱开小差，为此，老师专门安排玛丽亚和儿子同桌。不知道从什么时候起，儿子开始有意无意地告诉我，玛丽亚又带了什么好吃的和他分着吃，她还经常自己画画儿或是动手制作一些小东西送给他……再后来，儿子回家告诉我，他很喜欢玛丽亚，但是不知道玛丽亚是不是也喜欢他。

对于这些小孩子之间的感情，我一般是不太在意的。比儿子大两岁的女儿也是从上小学三年级开始就"爱"上了某个男生，她的女同学们也都各自"情有所钟";儿子去年在西班牙度假的时候喜欢上了儿童俱乐部的保育员塔玛,后来他又和我同学的女儿丽莎要好……但是这些,都是没有真正开始过的小念想,很快就无疾而终,所以我也只是听听,不做什么评论,也无所谓反对或是赞成,可这一次却好像有点不一样。

我看着信上那一行行的稚气未脱的字,心里惊叹着这小姑娘竟然能写出这样有鼻子有眼的情书,而且几乎没有文法或是拼写错误,会不会是她妈妈帮了她的忙?她知道这件事吗?

不管怎样,可以看得出,玛丽亚是很认真的,为写这封信她一定花了很大的功夫,我于是对儿子说:"你给她回一封信吧。"儿子有些为难地说他不知道该怎么写,我说你心里怎么想就怎么写呗。

晚上吃饭的时候,女儿问儿子:"你不会已经和玛丽亚接过吻了吧?"我正想说你别胡说八道,没想到儿子突然红了脸,有些迟疑地点了点头,我和孩子爸面面相觑,不约而同地大笑起来,孩子爸边笑边说:"儿子你行啊!你爸我十八岁的时候才头一次吻女孩子,你才八岁竟然就……这也太早了吧!"

我也觉得事态有些"严重"了,这好像已经超出了过家家的游戏范围。但是看到儿子与玛丽亚确实是真心地彼此喜欢,我不忍心去阻止这份感情;该给玛丽亚的妈妈打个电话吗？我有些拿不准。我与玛丽亚的妈妈卡罗拉只是一般的交情，为了这件事专门去找她谈，有告状甚至兴师问罪的意味。我总觉得，即使是这么小的孩子之间的感情，也应该去尊重，而不是居高临下地去制止或者破坏。

儿子与玛丽亚书信往来了一个多星期后的一天傍晚，我们去参加儿子班级的家长会，会后刚起身，卡罗拉就从后面叫住了我们，她面带神秘的微笑走过来，开门见山地问我们知不知道她女儿与我们儿子之间的事，我丈夫打趣说："当然知道啦，连婚礼的日期我都替他们安排好了！"我笑着不搭理他，对卡罗拉说："你女儿的信可写得真好！"卡罗拉大吃一惊："怎么？你们看过她的信？"我说是啊，不过我儿子就只给我们看过，其他人，包括他姐姐都不知道他俩都写了些什么。卡罗拉这才放下心来，说玛丽亚这些日子以来每天就只有一个话题，那就是艾里克，她不让她妈妈看她的信，却经常去问她妈妈这个字或那个词怎么拼，她要她妈妈给她买不带果仁的糖，因为艾里克对果仁过敏……我听着听着竟然有些感动起来，觉得玛丽亚真是好可爱。卡罗拉不但不讳言她女儿的认真与投入，而且很诚实让我们知道，她还曾替玛丽亚捏了一把汗，担心艾里克会拒绝她女儿，或者把这个事当成个笑话讲给别人听。那天分手的时候，我对卡罗拉说："你回去问我的儿媳妇好!"她正要点头,我丈夫插话了:"我已经警告过艾里克了,说玛丽亚虽然是个好姑娘,但是像你这样的丈母娘可是不好对付!"在一片笑声中我们各自打道回府。

从那以后,儿子与玛丽亚算是"名正言顺"了。他们两个仍然坐在一起,课间的时候也经常在一起玩,其他的同学包括老师都知道他们要好,没有人笑话他们,我感到很高兴的是,儿子课间的时候没空跟别的男生打架了。放学回来,儿子一如既往地做功课、练琴、踢足球,他并没有无时无刻都在想玛丽亚,但是会认真地回她的信;有的时候,看到他趴在地上专心致志地玩他的小汽车的小样儿,特别是当他要我抱或是把脑袋往我怀里拱的时候,我就知道他仍旧是个小孩子,他还不明白爱情到底是什么。

我找出一个挺好看的纸盒子,让儿子把玛丽亚写给他的信和送给他的小礼物都放在里面。也许将来的某一天,他翻出了这只盒子,他一定会记起那个金发碧眼的小女孩,想起这一段青梅竹马的故事。

牙精灵

两年多前,女儿掉第一颗牙的时候,我们按照德国的习惯，把这当成一件隆重的事情来对待——我把她的比米粒儿大不了多少的小牙装在丝绒的袋子里，在早就准备好的小册子上郑重地写下日期。对于女儿来说，最关心的莫过于"牙精灵"会不会来了。

这"牙精灵"（Zahnfee）的风俗来自英美，后来也流行于欧洲大陆。原本的说法是，小孩子在乳牙掉了的那一天，晚上睡觉前要把牙压在枕头下面，夜里牙精灵就会前来，用一枚金币把乳牙换走。当然，扮演"牙精灵"这个角色的一般都是孩子的父母或其他亲人，而这个"金币"嘛，常常被零花钱或是小玩具之类的惊喜所代替。

女儿掉牙的那一天，临睡前很兴奋，直问我这"牙精灵"长得什么样儿，漂亮不漂亮；然后又担心人家会不会把她忘了，因为肯定有不少小朋友都在同一天掉了一颗乳牙……我确定她熟睡之后才摸进她房间，把她小心翼翼埋在枕头下的小牙摸出来，再轻轻地把早就准备好的贴片和儿童口香糖塞到她枕下。第二天一大清早，我们就被女儿的欢呼声吵醒，她向我们宣告，说"牙精灵"来过了，我问你看到她的模样了吗？她说可惜没看见，睡得太死了，说完还煞有介事地叹了口气。

等"牙精灵"到她这儿来过两三次之后，我渐渐没了玩这个把戏的劲头，就对女儿说，这"牙精灵"不是每掉一颗牙都来一趟，否则天下这么多小孩，每个都得掉二十颗牙,那不要把"牙精灵"给累死。女儿听了呵呵一笑,说:"我其实早就知道你就是'牙精灵'了,就像圣诞老人和复活节的兔子,都是父母扮的!"阿弥陀佛,可怜天下父母心!

还好,儿子对"牙精灵"还抱有很大的希望。今年夏天回国之前,他终于有两颗门齿松动了,他又高兴又自豪,成天用手指头去动这两颗牙齿,恨不得它们赶紧掉下来。当然,他最关心的就是"牙精灵"的行踪了。儿子比较爱刨根问底,什么事情都想弄清其逻辑关系,关于牙精灵,他想知道这个"精灵"与鬼怪有没有关系,否则怎么能够想上哪儿就上哪儿,而且还能穿堂入室;不明白这种精灵怎么会知道哪一天哪一家的孩子掉了乳牙……我被他的问题搞得不胜其烦,正在想怎么给他一个解释的时候,他的另一个问题又来了:"如果我在去中国的飞机上牙掉了,'牙精灵'也会来吗?"我们一听,是啊,难道还要把小礼物带在手提行李里不成?如果他夜里不睡觉怎么办呢? 还好,孩子他爸爸反应比较及时:"如果你在飞机上掉了牙,就只好倒霉了,'牙精灵'想来也来不了,因为她的小翅膀飞不了飞机那么快!"

儿子的问题

小孩子有时候会突然问出让人措手不及的问题,有的令人忍俊不禁，有的却发人深思。

在加纳利群岛度假的时候，我们和往常一样，到了一个新的地方，不会忘了去当地的教堂看一看，毕竟，教堂是西方社会的文化中心。在西班牙，教堂里的耶稣受难十字架都做得非常大，一般有真人大小，放置在圣坛的左侧，可能是为了突出效果，十字架上的耶稣和德国教堂里的受难基督相比，表情更为痛苦，而且全身鲜血淋漓，几乎看不见一块完整的皮肤，那景象堪称触目惊心。我担心吓坏了孩子，准备赶紧出去的时候，发现已经太晚了，孩子们早就发现了十字架，两个人一动不动地站在架前，好像受了什么魔法似的目不转睛地盯着耶稣的塑像看，倒一点儿也没有害怕的意思。看见我走过来了，我儿子就问我："他流那么多的血，一定很痛吧？"我说应该是吧，他又若有所思地说："那他可是需要很多的胶布哟！"我一听忍不住扑哧笑了出来，想到这是在教堂，立刻打住。儿子就又问："为什么不可以在这里大声说话？是不是害怕把这些塑像都吵醒了？"

从那天之后，女儿仿佛迷上了教堂，在岛上的时候，每去一个地方，她就要先去看教堂；每进一所教堂，她和她弟弟就会先去找十字架。有一次，儿子问我："耶稣是好人还是坏人？"我说当然是好人啊，他仿佛没有听懂似的停了好一会儿才问我："那么人们为什么要把他杀了?"我惊得停住了脚步,我并不是不知道事情的来龙去脉,但是,面对四岁的儿子,我不知道该怎么回答他的这个问题。

上个月回国探亲,两个孩子都迷上了飞机,尤其是儿子,事无巨细地问个不停,什么飞机的马达在哪里啊?加油孔在什么地方啊?飞机有刹车吗?飞行员睡觉吗,等等等等。我被他问得不耐烦,就对他说,这些问题你问姥爷最好,姥爷是搞飞机的,他肯定知道答案。我父亲见他对飞机感兴趣,当然非常高兴,总是尽力用最好懂的话来解释给他听,不仅如此,他还给我儿子展示了很多飞机模型,其中有很多是战斗机的模型,父亲一边给他看一边讲,告诉他飞行员坐在哪里,导弹挂在哪里等等,我儿子对这些飞机喜欢得不得了,经常要求我们给他从书柜上拿下来让他摸一摸、看一看。

有一天,他忽然问我:"为什么人们需要战斗机呀?"看着儿子清澈的双眼,我和父亲面面相觑,无言以对。

尊重

午后时分,电话铃声响了,听筒里传来五岁的雷欧稚嫩的声音:"你好,我是雷欧,我今天下午可以和艾里克一起玩吗?"我看了一下日历,儿子下午没有别的安排,应该有时间,但是我还是一本正经地把儿子叫过来,问他下午想不想和雷欧一起玩,他高兴地点头,我这才重新拿起话筒对电话那边的雷欧说可以,把电话给你妈妈好吗?雷欧听话地交出了话筒,他也知道,剩下的约定具体时间地点等等细节就是我们这些当妈妈的人的事儿了。

德国的小孩子之间这样相约一起玩是很寻常的事,可是这约会的方式中却有一点不同寻常的耐人寻味的地方,而这个地方,我也是在经过了很多次的约会之后才发现的。

我的孩子们从一两岁的时候起,就开始和别的小朋友约着一起玩,那么小的孩子,话还说不利落,所以这约会其实就是母亲之间的约定。刚开始的时候,如果我的孩子想和谁玩(更多的时候是我想让我的孩子今天和谁一起玩),我就会打电话或是直接问人家孩子的妈妈是否有时间;如果是别的妈妈问我,我只要可以就会一口答应下来,不会想到专门去问一下我的孩子,问问他们愿不愿意。

过了一段时间之后,我才发现,德国妈妈们的做法和我有点儿不一样:如果她们被问到孩子约会的事,她们会把自己的孩子叫过来,蹲下身子认认真真地问孩子愿不愿意和某某一起玩,看到孩子点头了,她们才会正式答应下来,不管孩子多么的幼小。我初见这样的情景时还觉得挺奇怪,觉得她们真是多此一举。孩子们可不可以在一起玩,到最后还是得看妈妈们有没有时间、是不是已经有了别的安排,所以干吗还要这么麻烦地走这个过场呢,看来德国人也挺讲形式主义。

后来我才渐渐体会到,这个问题看上去好像只是象征性的,却并不只是在走形式,而是应该倒过来看——XX想和你一起玩,妈妈今天下午有时间,你可以和他玩,但是,你愿意和他一起玩吗?

看似不起眼的小问题,表达出的却是父母对孩子意愿的尊重,尽管孩子还很幼小,选择的范围也很有限。

再小的孩子,也是一个人,这个人长大了要走自己的路,从小把他当大人看,给他必要的尊重和选择的余地,那么,成年之后,他也会有自信和独立的精神。一个人,只有先学会了为自己做主,然后才能去做社会的主人。

菲比

两年多以前,我曾经写过一篇关于玛丽亚的文章,里面讲述了当时八岁的儿子与他的小女友玛丽亚的"爱情故事",转眼间两个孩子都已经升入中学,却仍然非常要好，上课时是同桌，放学回家也经常约着一起玩，近几个月来，两个人的关系里忽然多了另一个女孩子：菲比。

菲比是小学四年级的时候才转学到儿子与玛丽亚的班上的，她与玛丽亚很快就成了好朋友，儿子一开始对菲比没有特别的关注，更没想过约她玩，也从没提起过她，所以我对这个女孩子也是印象模糊。

后来，三个孩子上了同一个文理中学，又被分在同一个班级，老师还特意把他们的座位排在一起，这些都令他们高兴不已。不知从什么时候开始，儿子张口闭口地提菲比，连和玛丽亚"约会"的时候，也会提出把菲比带上。

我觉得有些不对劲了，有次菲比和玛丽亚到我们家来的时候，我仔细打量了一下这个女孩子。菲比虽然比儿子与玛丽亚小整整一岁，却是他们中间个子最高的，亭亭玉立，已有了少女的轮廓。她有着不算惊天但却足以让人流连忘返的美貌，最打动我的，是她的眼神，她看人的时候，眼睛里的纯净与亲切，仿佛可以看到人的心里去，我作为一个成年人，都好像被她看了个透彻，那感觉，说不上是感动还是不寒而栗。

儿子说，他和菲比经常谈论的是上帝与生命，我听后吃了一惊，我知道，这是儿子最感兴趣的话题，在他话还说不全的时候，就曾认真地问我人是从哪里来的，他不相信上帝造了人与世界；当我们谈论圣经的时候，他也是疑惑的态度，说就算是很早很早以前被写下来的东西就一定是对的吗？

现在，他遇到了菲比。菲比说，她不相信上帝，但是相信人是有灵魂的，肉体只是灵魂的外衣，她说，悲伤与仇恨会随着肉体的死亡而消散，但是爱不会，爱会随着灵魂留下来。我听到这个感到越发不可思议，不敢相信这是从一个小孩子嘴里说出来的话。

一次家长会之后，我与玛丽亚和菲比的妈妈一同回家。我们的车子行驶在乡间的国道上，四周一片黑茫茫，我问玛莱拉，你们是什么宗教？你们在家里经常谈论上帝与灵魂之类的吗？她一听就笑了，说一定是菲比吓着你了。她说，菲比从小就有自己的思想，她的想法都是她自己的，作为母亲，玛莱拉也经常被菲比惊到。她还提到，当她们还在墨西哥生活的时候，有一次菲比生病差点儿死了，玛莱拉在最后没有办法的时候请了一个类似巫师的人，以挽救她女儿的生命，这个人一见到菲比，就说她曾是一个上师，她的智慧不是一般人可以想象的，她不会这么轻易地就死去。

菲比后来活过来了。她有着少女的身体，却说着与年龄不相称的话。她对我儿子说，世间万事都是有原因的,如果我妈妈没有在你们村里找到工作,我们就不会迁到这里来,如果我们没有到这里来,我就不会进入你们的小学,如果我那样,我就不会遇见你。

巴黎的恐怖事件令大家都感到心悸与慌张,孩子们也不例外。儿子在集体默哀那天放学回来,都不敢一个人上楼。他想不通为什么会发生这样的事情,觉得哪里都不再安全。这个时候,我想起了菲比的话,就对他说,你还记得吗?菲比说过,她骑自行车不戴头盔是为什么吗?他说那是因为她觉得该发生的事总会发生,躲也躲不掉;不该轮到你的,怎么也碰不上。儿子好像有些明白了,我就又补充说,咱们每次坐飞机之前不都有过类似的讨论吗?所以要坦然一些,否则每日担心得门都不敢出,那还得了?在家里就一定安全吗?说不定还有地震呢!小心一点是对的,但是用不着日日提心吊胆。儿子果然释怀了许多。

菲比非常喜欢听我儿子弹钢琴。每次来我们家,儿子都会为她弹肖邦,菲比总是静静地听,由衷地夸奖,令儿子异常的骄傲和喜悦。玛丽亚不太喜欢音乐,所以她很少听过一首完整的曲子,总催着儿子停下来去玩别的东西。

不过几个月的时间,我发现儿子越来越依恋菲比,连玛丽亚的信也懒得回了,就很明确地问他到底怎么了?他也很认真地回答我,说他很喜欢菲比,但是他不敢想象菲比是他的女朋友。我吁了一口气,当玛丽亚的妈妈卡罗拉开始担忧,问我菲比与我儿子会不会有别的情况的时候,我很坚决地安慰她说:不会!

没想到的是,这个紧密而又奇妙的"三角关系"忽然有了一个自然的结果:菲比要走了!她的母亲玛莱拉在萨克森找到了新的工作,几个星期之后,菲比就会转学了。她要去的地方离我们这里有五个小时的车程,以后能否再见就很难说了。这对玛丽亚和我儿子来说无疑是巨大的打击,玛丽亚哭得像带雨的梨花,我儿子也是震惊得好像天要塌下来,他日日想着怎么才能让她留下来,但是他也知道,这些都不是小孩子能够决定的事情。儿子不时会请求我,说你掐掐我吧,看看我是不是在做梦,我希望菲比要走只是一场噩梦。我不知道该说些什么,我知道他真的动了感情,尽管连他自己都不知道。小小的年纪,他就要学会分离与继续。

我相信,儿子与菲比是心灵的知己,不管他将来与玛丽亚能不能"修成正果",但是菲比,他不会忘记的。

豆蔻年华

那天,我和女儿去吕内堡逛街。我们难得有两个人单独上街的时候,所以我想和她亲热一点儿。过马路的当儿,我牵起她的手,她好像有些不情愿,但还是顺从了,谁知过了马路没走几步,她就把手抽了出来,把两只手都揣到口袋里去了。我于是挽住她的手臂,这时她明显不愿意了,跟我说:"妈妈你别这样好不好?"我惊愕地看了她一眼,女儿赶紧解释:"你别生气,我不是说你不好,只是……只是这样太不酷了!"

"酷?什么叫酷?!"我酸溜溜地问道。其实我知道她的意思。不知从什么时候开始,女儿就爱把这个词挂在嘴边,尽管她自己也说不上来到底什么才算"酷"。特别在穿衣打扮上,女儿只穿她认为"酷"的衣裳。我给她买的衣服,只要不是经过她同意的,那就等于白买,因为她肯定不会穿。想到这里,我不由得以外人的眼光打量了她一下——女儿穿着黑色掐腰的羽绒服、紧身窄脚的牛仔裤、棕色的短靴,头发瀑布一般披在肩上,走路的姿态已没了小孩子的稚气,俨然是个婷婷的少女了。这就是想当年那个襁褓中的小肉球吗?怎么时间会过得这么快呢!

我于是说你看上去都像个半大人了,没多久咱们就可以像姐儿俩一样逛街啦!没想到女儿竟然回答道:"我怎么会有你那么老的姐姐!"我差点儿被噎得背过气去,她又马上安慰我:"我这是说着玩儿呢!你有点儿幽默感好不好?"

我们在一家意大利餐厅吃中饭,等菜的时候,我很想和女儿说说话,她却掏出了手机,我很不自在,说你非要现在刷屏吗?她头都没抬:"我就看一下短信,一会儿就好!"等菜真的上来了,她的话也来了,我就说你赶紧吃饭吧,看把你忙的,就一张嘴;她却不以为然:"那我刚才没话说,现在有话了嘛!"饭后在一家鞋店里,我说想买一双黑色的长靴,让女儿帮忙参谋,她低声对着我的耳朵说:"现在不时兴长筒靴了,都穿短靴!"那眼神很明白:你怎么连这个都不知道,真土!

我知道这些都是青春期前期的表现,等她的叛逆期真的到了,那她还不知道要怎么修理我呢,现在这些都是前奏,我把这当成是热身运动好了。

回来的路上经过圣诞市场,这吕内堡的圣诞市场年年都很相似，包括那儿童转马和小火车每年都在原来的地方。这些也曾经是孩子们的最爱。我知道女儿不会再对这个感兴趣了，却故意逗她道："怎么样？去坐一次转马吧？"女儿的脸腾地红了，她飞快地左右看了一下，确认没有人听到我的话，才压低声音对我说："妈妈，你小声点儿行不行?! 我怎么会去玩这个？"我装出一副不可置信的样子："那怎么可能呢？这不是你最喜欢的吗？你看看这转轮上的交通工具，哪辆车你没坐过？特别是那辆消防车……"女儿这时已经气急败坏地恨不得上来堵我的嘴，她挥着双手，好像这样就可以把那些让她现在感到很难堪的往事一笔抹去。

我在心里暗暗地笑了，仿佛看见了曾经的自己。谁没有经过这样的青涩岁月呢。她现在正处于儿童期与青春期之间，中国人管这叫作"豆蔻年华"。女儿的那份盼望长大的心情，我能理解。

那天，我给女儿买了一双三十七码的运动鞋。她试穿的时候，我对她说："再过些日子，咱俩的鞋子就可以换着穿啦！"她有些怪异地看了我一眼，我立刻就缩回了下面的话，因为我知道她一定觉得我的鞋子不够酷，还是不要自讨没趣。

尽管女儿在外面特别希望大家都把她当大人看，可是在家里的时候，她就又变成了那个小娃娃，喜欢坐到我膝盖上来，让我抚摸她的后背；也会和她弟弟争风吃醋，或是像个猴子一样抓着楼梯的铁栏要杂技，这个时候，她彻底忘了什么是酷。

以前女儿早上起来，如果我不提醒，她一定想不到洗脸梳头，现在却可以大半天坐在镜子跟前，把她的头发梳来梳去，还嫌自己的头发不够亮，要我给她买可以增亮的洗发水。今天上学前，女儿忽然想把一直以来披着的头发扎起来，让我帮忙，我已经有好一阵子没给她梳过头，有点儿受宠若惊。这一次，我发现她的头发平滑通顺，没有了以前因为梳不通而弄疼她的问题；但是，我也发现了另一个变化——她已经长得这么高，我无法再这么站着给她梳头了。我说你得蹲下去或是坐到椅子上，否则我的胳膊举不了这么高。她听话地坐在了沙发上。我仔细给她梳着头，心里却渐渐涌上了淡淡的伤感。像这样给女儿梳头，还能有多少次呢！时日如白驹过隙，我们又能拥有孩子多少年！他们仿佛在顷刻之间长得这么大了，用不了多久，他们就会离开我们，去走自己的路了。这是一个无法逆转的必然过程，所以，与孩子们在一起的每时每刻都值得珍惜。

正处于妙龄的女儿，刚刚开始自己思考一些事情，试着用自己的眼睛看世界，那仍然童稚未脱的心灵里有着憧憬、不安与惶惑，她需要被理解和接受，这对于我来说无疑是个考验,因为在她的一方面想要脱离我、另一方面却又离不开我的挣扎中所反映出来的,必然表现在她对我时阴时晴的矛盾态度。这个并不是我们家庭里的特有现象,这是人成长的必经阶段。所以我得用理论来武装自己的头脑,用幽默来化解自己的不满,希望能够打造一个金刚不坏之身,以迎接这即将到来的风暴。但是,即使是那些个曾有的和将有的不愉快也是生活的一部分。这里面的点滴我会用心去体会,毕竟,我只能陪伴她一次。

与孩子谈自由

和许多德国女孩子一样,女儿对马有特殊的感情,她每周都去上一次骑马课,课外更是喜欢阅读与马有关的各类书籍(德国有大量的专门给女孩儿看的以马为主题的故事书)。她很想有一匹自己的马,这在目前是不可能的,我给她解释过很多遍,她总听不进去。昨天,当她再一次提出这个请求时,我已经没了解释的兴趣,她看我没反应,有些愤愤地说:"等我长大之后,就先给自己买匹马,到那个时候,我就自由了!"

我听她这么一本正经地说起"自由",差点儿笑出声来,但我还是很快收敛了自己,对她说你坐下来,咱们谈谈什么是"自由"。

女儿有些不情愿地在我对面坐下，我说你认为"自由"就是想干什么就干什么，是吧？这可有点一厢情愿哟！在很多时候，"自由"是有先决条件的，话音未落，女儿就不耐烦地插话了："这个你说过好多次了，我知道买匹马很贵，养匹马更贵，所以我将来要挣足够的钱……"我赶紧打断她："也不只是钱的问题，有的时候是别的因素不允许，比如我小时候特想当歌星，可惜我天生五音不全，唱起歌来有清场的作用，所以，在这个情况下，我也只有愿望的自由，却没有选择的余地。"

女儿听到我对自己的歌声的评价，呵呵笑了，我接着说下去："现在你还是小孩子，觉得自己很不自由，但是等你长大了，你就会发现，自由是要付出代价的，因为不管你做出什么决定，你都得承担这个决定可能带来的后果，也就是说你得对你的所作所为负责……"说到这里，我想说比如人有选择自己生活方式的自由，你若是选择独身，那么你就得做好老来孤独的准备；如果你想要一大群孩子，那么你也得承担把这些孩子统统养大成人的责任，而这些，都不是容易的事。自由是有底线的，除了道德与法律，还有理智与良心，一个真正懂得自由含义的成年人可能看上去很不自由：因为他知道他不仅不能行凶抢劫、坑蒙拐骗，也不会恃强凌弱、随地吐痰。

我发现自己的思路又跑远了，赶紧把话题转回了"马"上："如果你真的买了一匹马，那么你就得天天去马厩照料它，为它喂料打扫冲澡，风雨无阻，这个时候你不能说我今天没时间没兴趣就饿着它，也不用指望我去帮你照看，这都将是你义不容辞的义务，把这些都想清楚之后，你再看看自己是不是真的想要匹马……"

女儿低头想了想，问我："如果我将来有能力买一匹马，也有能力养它照顾它，那么，我可以买一匹马吗？"

我呵呵笑了："到那个时候，你就不需要我的批准了。只要你认为自己有这个经济能力，也有足够的精力和时间，那么就按你的心愿去做就是了，这是你的自由。"

纯朴童心

记得那年带女儿有容回国，在超市里看见大缸的活鱼，小家伙就不肯挪步了，贴着玻璃起劲地看，然后问我这么多鱼挤在一起，为什么不把它们送到动物园去，我听了哑然失笑，不知道该怎么回答她。

前些日子我丈夫过生日，想做一条清蒸鱼，去买了一条完整的新鲜鳟鱼回来，去鳞斜刀切过之后，撒上盐和胡椒放在盘子里腌着。这时儿子有涵跑了过来，看见灶台上的鱼,吓了天大的一跳,说话都结巴了:"这……这是一条鱼啊!"我说对啊,他仍旧不可置信地瞪着眼睛:"它应该在水里游泳才对呀,怎么躺在盘子里?"我只好对他解释说这鱼已经死了,不能游泳了,说完心里却不自在起来。德国的小孩子,哪里看见过完整的动物尸体,各种肉食一般都是去骨切块了之后才拿出来卖,就是鱼也不例外,我通常买鱼也只是买经过处理的纯鱼肉,很少有整条的。等我的清蒸鱼上桌之后,有涵看见那鱼没了头尾,惊叫起来:"它的头上哪儿去了?"我说切掉了,他又问:"那么它的眼睛呢? ……这一定会很痛的……"停了一会儿,见我答不上话来,他像个小大人似的对我一本正经地说:"人不应该杀动物!"我看着还未满四岁的儿子,感觉自己简直就是个刽子手,如果再这么被他"教育"几回,我非变成素食主义者不可。

有容有涵幼儿园的班上有一个名叫吉拉亭的小女孩,出生时一条腿就有残疾,走路不稳。在幼儿园里,大家对她都很关爱,同时却好像又"没发现"她和别人有点不一样。有时吉拉亭来我们家玩,在花园里追逐时,有容会对有涵讲,别跑得太快了,否则吉拉亭追不上;上下楼梯的时候,有容也会牵着吉拉亭的手,慢慢地走。看到这些,我总会很感动。

孩子的心是善良的,不带任何偏见的,不管是对人还是对动物。那么，为什么长大以后，这份纯朴的童心就会失了原本的颜色了呢？这确实是一个值得人深思的问题。我是相信"人之初，性本善"的。有的时候，我甚至会有一种天真的想法：如果人类能够保持不泯的童心，那么，这个世界上也许就会有更多的和平了吧。

美丽与可爱

　　也许是因为混血儿的缘故吧，孩子们走在中国的大街上非常的引人注目。有些人只是看看，有些人则会直接问："你们是哪国人？"还有的人鼓励自己的孩子上来对话，想让孩子"练练英语"，这个时候我就会尴尬地挡驾，说我的孩子不讲英语，他们就会很吃惊地问："那他们讲什么语？"对于这些问题，我有时回答，有时就含混过去。

　　儿子听不太懂中文，对于这些旁人的问话并没有什么反应；女儿就不同了，她知道周围人的意思，大家除了吃惊她会说中文，都异口同声地夸她漂亮，刚开始时她还挺得意，谁不高兴听到别人夸奖呢！但是渐渐地，她有些不自在起来，甚至刻意避开与外人讲话的可能。

　　我于是问她怎么了，并且说这些来搭话的人一般都只是出于好奇，并没有恶意，况且我总是在你身边，你不用害怕呀。她说她倒不是害怕和人说话，只是这些人都一个劲儿地夸她长得好看,让她觉得很不习惯,难道她除了漂亮就没有别的长处了吗?

我本想说孩子你别多心,人家又不怎么认识你,怎么会知道你聪明不聪明、善良不善良?但转而一想,她说的也没错。在德国,就不会有人刻意地夸奖某个小孩子长得漂亮,因为在一般人的眼里,每个孩子都是美丽的,都有各自的优点,他们可能会赞扬某个孩子的自信能干、乐于助人,却不会去评论孩子的长相,也能够做到不因为一个孩子的美丑喜欢或是厌恶他。

一次饭桌上,我们又讲起了这个话题。我父亲听说他外孙女不喜欢别人称赞她漂亮,感到有些不可理解,就说:"夸你好看不是一件好事情吗?这说明人家喜欢你呀!你难道不喜欢美丽的事物吗?比如说你去骑马的那个俱乐部,里面有很多匹马,你一定最喜欢那匹最漂亮的,不是吗?"女儿想了一下,然后一字一句认认真真地用中文回答说:"我最喜欢的马名字叫Bibo,它是一匹黑色和白色(相间)的马,个子很小。它不是最漂亮的马,但它是最可爱的马。"她姥爷愣了一下,又问她什么是"可爱",这下女儿的中文不够用了,于是就让我翻译,说这匹马与她有着特殊的感情,它每次一见到她就高兴,打老远就会立刻跑过来,把头低下靠在她的肩膀上让她抚摸,她现在已经几个星期没有见到Bibo了,她很想念它。

听到这里，我满心地为我女儿感到骄傲，小小的年纪，她就知道美丽与可爱的区别，美貌是爹娘给的，不是自己能够决定的事情；但是可爱不同，这是后天得来的品质，是自己努力的结果，所以，夸一个孩子漂亮等于在夸他父母，夸一个孩子可爱才是在真正夸奖这个孩子。

当然，可爱也可以使人变得美丽，这种美是发自内心的美，也是真正的美。

小鬼学话

我们是一个中西合璧的家庭，没有孩子的时候，我曾经踌躇满志地想，我们的孩子将来无论怎样一定得学中文，否则岂不是白白浪费了资源。后来孩子来了，我才发现，理想与现实之间有着怎样的差距。

我以前以为，所有的孩子，只要愿意和坚持，双语成长应该不是问题。可是在看到自己两个孩子的巨大差别后，我才知道这个想法是多么的一厢情愿。女儿自小伶牙俐齿，虽然很少主动和我说中文，但是听懂没有问题；儿子却是拙口笨舌，到三岁多的时候还说不出个完整的意思，我于是不再奢望他能两语并进。

我们的家在汉堡附近的一个村子里，对于孩子们来说，在日常生活里，只有我这个妈妈会说中文，除此之外无论爸爸、学校的老师、幼儿园的阿姨，还是一起玩的小朋友、街坊邻居、邮递员等等都是德国人，他们只在星期天的中文学校里或是跟我回中国的时候才可以接触到中文，在其他时候，他们感受不到学习中文的必要。

在这样的环境下，我们的生活里经常会出现这样的场面，那就是我对孩子说中文，女儿用德文回话，儿子则会大声抗议："我听不懂！"然后我女儿就飞快地替他翻译……糟糕的是，我经常也是不知不觉地就和孩子说德语了，特别是遇到比较复杂的问题，用德语解释更方便，也不用担心他们一知半解。

于是就有了现在的情况：儿子一听到中文耳朵就自动关闭；女儿说起中文来南腔北调，而且爱用德语的句式，至于数量词，那就更是乱得一塌糊涂。有一次在北京机场，她指着一架飞机大声地对我说："妈妈你看，一头飞机！"那天和我们一起排队的人都不由得莞尔。

德国的很多大城市都有中国人创办的中文学校，在星期日那天租借德国中学的校舍给学龄期的中国儿童以及青少年上中文课。在我女儿六岁的时候，我就给她在中文学校报了名，现在两年多过去了，她虽然已经会写不少字，但还是很少主动说中文。这也是在中文学校里经常可以观察到的一个现象：上课的时候，学生们一本正经地组词造句，但彼此之间若要借个卷笔刀什么的，马上就换成了德语，课间休息的时候，学生们聊天更是不说中文。有趣而又遗憾的是，这些来学中文的孩子大部分都是中国孩子，父母都是中国人，有的还是在中国上过幼儿园，之后才来德国的。

我自认为从小语文不错，还在德国大学中文系教过书，却没想到自己的小孩学中文会这么难。不过我还是野心勃勃地不准备放弃：近几个月以来，我天天坚持和女儿学半个小时的中文，和她一起读课文、写作业。前两天，她的课本中出现了一个词——"动脑"。我经常用中文对她说"动动脑子"，以为她一定懂这个词，所以信心百倍地问她："这个词你肯定知道是什么意思，是吧？"她先点了点头，然后想了一下，用德语回答我说："Gehirn-erschütterung（脑震荡）"。

柏林，柏林

万里之外的北京，孩子们已经去过不止一次，但是离家只有二百多公里的柏林，今年春天却是第一回去。原因很简单：柏林作为德国的首都，不是一个可以让德国人感到自豪的城市，它的历史里有着非常不光彩的一页，我想等孩子们长到一定的年龄，有了一定的心理承受能力，再来面对这些过去。

今年是第一次世界大战爆发一百周年，不要说女儿，连九岁的儿子都知道两次世界大战都是德国人发起的。大约两年前，他在我的书架上看到了传记《希特勒》，大吃了一惊，仿佛不相信似的瞪大眼睛问我："他……他是个坏人呀！你怎么会有（关于）他的书?！"女儿上小学的时候就和她的几个同学一起做过一个关于柏林的学习报告，她的那部分是"空中桥梁"，为此，我给她很详细地解释过当时西柏林是"孤岛"的缘由，但是我有一个感觉，她好像似懂非懂。

站在茨玛大街（Zimmerstraße）那段残存的灰扑扑的柏林墙边的时候，书本上的知识一下子变得真实生动、触手可及。这时，原本晴好的天气也应景似的忽然暗了下来，冷风吹过，街对面的原东德国家安全局的灰色建筑显得越发阴森森的，我的身上起了一层鸡皮疙瘩。孩子们沿着墙根跑过去，不时地停下，摸一摸，看一看。我对女儿说，看到了吧，想当年，这么一圈围墙，将一座城市分成了两个国家。

二战结束的时候，盟军将德国分成了四个占领区，后来美国、法国和英国的占领区合并，成为后来的西德，前苏联的占领区成为后来的东德。柏林作为首都，深处原东德境内，也被分成了四块，其中的前苏联占区自不必说，属于东德，美英法的占区属于西德，为了防止东德人通过西柏林逃往西德，前苏联于1961年在它的周围建起了一圈围墙，将西柏林围了起来，这就是著名的柏林墙，这墙不仅仅将一座城市分为两半，它同时也是国境线，对于东德人来讲，它更是死亡线。

墙的两边，几十年里，上演了一段又一段的悲欢离合。有多少家庭因为一堵墙分隔东西，咫尺天涯；又有多少人，为了自由，在试图越过这堵墙的时候被无情地击毙……这是一段辛酸的过去，至今令人唏嘘。

坐在咖啡馆里休息的时候，女儿忽然问："德国属不属于盟军?"我没想到她会问这个问题,她一向是个非常灵光的孩子,又学过这段历史,怎么会一下子糊涂了?我虽然感觉不可思议,但还是给她解释,说盟军是联合起来对抗德国的,德国是他们的敌人,怎么会是同盟者;可说着说着,我忽然明白了,她不是真的没搞懂,她只是不愿意相信——不愿意相信她的父辈们是历史的罪人,更不愿意将这些墙里墙外的悲剧看作是罪有应得。

我可以理解她的心情,不要说孩子这一辈的人,就连他们的爷爷也是在二战后期才出生的,对战后的经济萧条与物资紧缺记忆犹新,但是对战争本身却毫无记忆;和很多很多战后才出生的人一样,他们是多么希望与这一段历史划清界限。

在国会大厦前,看着那个巨大的玻璃圆顶,我说这里从第二帝国开始就是德国的政治中心,二战的时候连顶都炸得只剩下个壳子了,现在修了这么个玻璃拱顶,看上去有点不伦不类的,又古老又超前,这个时候,儿子突然问:"德国干了那么多坏事,为什么人们不赶紧把这些事都忘掉,为什么还老要想起它?"

我说,不忘记过去,就是为了告诫人们不要再犯同样的错误呀!确实是如此,德国人一点都不回避自己在两次大战,特别是二战中屠杀犹太人的滔天罪行,他们承认自己的错误,更希望别人能以自己的错误为戒,这是一种诚实的态度,我非常欣赏。德国的历史,并不都是灰暗的,无论是在科学技术,还是在文学艺术等方面,这个民族为人类的文明与进步做出过非凡的贡献。我想,德国人在两德合并之后重新将首都迁回柏林,并且将国会大厦重新作为政治中心,是费了一番苦心的。尤其是在国会大厦上加的那个玻璃穹顶,仿佛是在向世人宣告:德国会在历史与现代的融合中走出自己的道路。

绿拇指

德国人如果称赞某人有"绿拇指"，那意思就是这个人特别会侍弄花草。可我的拇指一点儿都不绿，我从小五谷不分，也没有真正关心过粮食与蔬菜，甚至有过把仙人掌养死的经历，所以打理花园一类的事情一向很少插手。

今年早春的时候，我忽然雄心勃勃地想自己种菜。想到德国春天捉摸不定的天气，我决定去买一个暖房，又因为知道自己的拇指没有一丝儿绿意，所以只买了一个尺寸很小的，准备先试试身手。二月底，我就在刚刚建好的暖房里种下了韭菜、西葫芦、胡萝卜、黄瓜、香菜还有几种意大利香料的种子，开始静静地等待它们发芽。

也许是气温还太低的缘故吧，两个多星期后，只有小胡萝卜发出了小芽儿，其他的都毫无动静，不过我不灰心，每天观望，勤快地浇水。

与此同时，我也开始找一些相关书籍来看，上网查一些种菜的常识与诀窍。这时我才发现,这里面还有着不少的学问呢。西红柿喜阳,不能淋雨;黄瓜最好不要与西红柿为邻;西葫芦和南瓜要有足够的生长空间,果实在成熟之前要用树皮木屑或者泡沫塑料板垫在下面保护,以免果实腐烂;所有蔬菜都不喜欢根部有积水,浇水过多会导致叶片发黄甚至死亡……我终于知道了,我的仙人掌不是被我旱死的,而是被我淹死的!

于是我适当地减少浇水的次数,渐渐地,小苗苗们开始一个接一个地钻出来了,看着它们稚嫩的小样儿,心里实在欢喜,每天清晨第一件事情就是去暖房看看它们又长大了多少,仿佛可以听见芽芽们抽枝展叶的声音。四五月份的时候,苗儿们早已长出了真叶,开始往上蹿个子了,我于是买来竹竿,把它们固定住。

最让我头疼的莫过于间苗了。书上说,等苗出齐之后,就可以把比较弱的苗拔掉,这样不仅可以保证强壮的菜苗更好地生长,也等于间了苗。这虽然是人为的行为,却符合自然界的优胜劣衰。只是我一棵苗也舍不得拔,但是让它们这样挤挤挨挨地谁长不好就对吗?

德国有一个对农业来讲很重要的节气,叫"雪圣节",过了这个节气,才可以保证肯定不会再有霜冻,所有的书上都讲,一定要等过了这个节气,才能把菜苗从暖房里移到外面去。我查了一下德国的农历,今年的"雪圣节"在五月十一日到十四日之间。终于等到了五月十五日，我站在暖房里，却犯起了踌躇。我已经发现，这些菜都需要成长的空间，我可是没想把我家的花园弄成一个菜园呢。这个时候我才不情愿地承认，自己根本种不了这么多菜，最后，我送了好多株给朋友邻居，剩下的菜苗一大半移到了外边，比较娇气的如青椒和小茄子等，则留在了暖房里。

侍弄这些菜苗的时候，我总是小心翼翼，仿佛害怕会不小心弄痛了它们。我好像还从未对植物的生命表现出这么多的尊敬。也时常想到，我种菜只是种着玩儿，那些以此为生的农民可是真的辛苦，而且现在的蔬菜价钱那么便宜，实在不太合理。

我每天关注着菜苗的成长，脑子里会不经意地想起小时候写作文经常用到的成语，原来都和庄稼有关呀，比如根正苗壮、拔苗助长、良莠不齐……有一天，我推门走进暖房，忽然闻到一股奇香，很浓烈，又不像惯常的花香，定睛一看，原来是我留在暖房里的两棵西红柿开了花，我好生奇怪，那几棵被我移到屋檐下去的西红柿也开花了，怎么没有什么特别的味道呢？转念一想，恍然大悟，本来嘛，不管人闻不闻得到，那花也是有香味的，否则怎么招蜂引蝶呢！

我从来不曾想到，像我这样一个心思总是在云端上的人,竟然会在种菜上感受到由衷的乐趣。在这个过程中,我获得的不仅是新的知识和体验,更多的,是对生命的尊重与感激。

功夫不负有心人,现在我的暖房内外都一片绿油油的了,西葫芦、豆角、黄瓜等次第开出了花,有的枝上已经可以看见小小的果实。至于那些比较好养的香料、小萝卜等已经收获了好几次,我用自己种的韭菜包饺子,将意式香料撒在烤马哈鱼和色拉上,甚至孩子们本来最不喜欢吃的小胡萝卜,也因为是我种的而吃得津津有味。就连我自己,也觉得这些本来很平常的食物异常的可口,因而细细地品味每一次的咀嚼。我想,这就是生活的滋味吧。

旅途中的天使

　　去吕内堡逛街,路过杜格拉斯香水店,想起刚收到这家店邮寄过来的百分之十的优惠券,立刻进去买了一堆化妆品,付账的时候,把钱卡与优惠券一块递过去,没想到收银员一看,说你这个是信头,优惠券一共六张,在信的下方连着呢。我一听蒙了,想到自己竟然还会犯这么小儿科的错误,看都没仔细看就把信的下面一大半都撕下来扔掉了,一时间非常尴尬,正想说那就算了吧,排在我后面的那个正和他太太一起等待付账的中年男士将一张优惠券递了过来,说:"您用这个吧!"我越发尴尬了,说这怎么可以?他笑了笑:"不是有很多张吗。"我道了谢接过来,付款签字的时候,他看到了我要付的金额,就说:"哦!这百分之十还是很值的嘛!"我笑着说是啊,正要往包里装东西,他又递过来一张优惠券,说:"您下次用吧,我们用不了这许多。"这下我是说什么也不能收了,再次向他表示了感谢,又向他太太挥了挥手说再见,然后赶快走出门去。

这样的"活雷锋"在欧洲并不少见，每次遇上都会让我感到天空很晴朗、日子很温暖。也许在寻常的岁月里，我对这些事情不会特别在意，因为我自己也会力所能及地去帮助别人。可是，那些在我迷惘低落的岁月里得到的来自陌生人的点滴扶助，却令我至今心存感激。

记得十多年以前一个秋天，在德国还在使用马克的年代里，我在学业与感情上遇到诸多的不顺，心理压力非常大，决定一个人去巴黎走一走，换一换环境，也希望能够换一个心情。那些天里，我每天都走很多的路，看很多的东西，因为法语英语都不够好，所以和他人几乎没有交流。直到最后两天，我住的青年旅馆的房间里来了一个德国姑娘，名叫海柯。

海柯比我大六七岁，那个时候已经三十出头了，她是个很开朗很健谈的女子，知道我说德语，立刻就坐到我床沿找我说话。第二天，我要去罗丹博物馆和圣心教堂，她本来想去跳市的，结果她陪了我一天。从罗丹博物馆出来，她请我喝咖啡，我们天南地北地聊，她显然看出我有心事，欲言又止，我那时是个胸无城府的姑娘，想到我可能以后再也不会见到她，就把什么烦心事都一股脑儿告诉了她，她耐心地听着，现在想来，她那时一定觉得我很可笑。可她只是听着，不置一词，等我说完了，她才悠悠地说："小姑娘，放轻松点儿，一切都会好起来的！"

那天傍晚，我得回旅馆取行李然后去车站赶回德国的火车，时间很紧张，在地铁站转车的时候，海柯领头在前面跑，为的是给我争取时间。分手时，她递给我一个早就准备好的小包，还非要给我十法郎，因为她知道我没有现钱了，我说不要，我特意花光了所有法郎，反正马上要离开法国了，要法郎做什么，她说拿着说不定有什么急用。我连谢谢都没来得及说，车就开了，她一直挥手到我看不见她为止。车开之后，我打开那个小包一看，里面是海柯给我装的苹果、饮料和糖果。

也是在那个年月里，有一次我去海德堡，去的路途中，同车厢的几个人开始聊天，我有一句没一句地听着，其中有一个人仿佛无意地说起了自己的病情，说知道自己已经时日无多了，我有些吃惊地抬头看了他一眼，这个人显然也发现了我好奇的目光，就说这是他个人的宿命，不想惊动任何人。我继续读我的书，不再去理会。下一站快到了的时候，那个人站起身来，一边拿行李，一边对我说："小女孩，笑一笑可以吗？我知道你听得懂我的话，我希望你在德国的生活幸福，希望你将来有一子一女，有一个像她妈妈一样美丽的女儿！"说完，他就背起背包，头也不回地走出了车厢。

在海德堡下了火车，我准备乘公共汽车去青年旅馆,因为不认路,所以在上车的时候就问公车司机去青旅该在哪站下车,他说没几站,你就站在我后面好了,到站了我叫你;我赶快感谢,他挥了挥手表示不用谢,就不再理会我。车子开了不久,到了一个三岔路口,那里并没有车站,司机却意外地停了车,打开了车门。我还愣在那里,他转过头来对我说:"你在这里下车吧,这样最近。"我明白过来,想到一车子的人等着,就拿起包准备以最快的速度冲下车去,没想到司机又从后面叫住了我:"等等!你下了车往左拐,有一段路比较僻静,你不要以为走错了,一直走下去,再走一百多米就到了,青年旅馆在路的右边。"说完,他示意我赶紧下车,为了不再多给别人添麻烦,我匆匆地说了一声谢谢就闪下车去。我知道德国的公车都有严格的时刻表,在一般情况下是不许人在中途上下车的。我目送着那辆公共汽车在路口打了右转的指示灯,慢慢地消失在渐渐升起的暮色中。

当然,这些好心人里还包括中途停掉计时器的出租车司机;因为怕我听不明白讲解而走了三站路把我送到要去地方的法国老头儿;在汉堡带我去看港口夜景的没留姓名的年轻夫妇……

这些素不相识的人在我失意的时候给予我的仿佛不经意的帮助,不仅仅温暖了我的心,也给了我力量,以及直面人生的信心与勇气。多年之后回想起来,他们就像是上天派下的天使,在我人生旅途中的灰暗时刻悄然传递善意的关怀,虽然都是滴水之恩,却让我重新相信人间的美好。我想,我能有的回报,就是以同样的心去善待他人,把这份温暖与关怀传递开去。

中国式的温暖

不久前，我接到一位编辑的邮件，他们的杂志转载了我的文章，想给我付稿费，在邮件的最后，这位编辑写道："初春时候，乍暖还寒，请注意保暖！"我看罢小小地吃了一惊，我与这位编辑素昧平生，就连对方是男是女都不知道，他竟然嘱咐我这个！尽管我知道类似的客套在中国不算什么，而且这位编辑肯定会给所有他的作者都送上同样的关爱和祝福，可我还是感到了一丝淡淡的温暖。

这样的问寒问暖是中国式的。在西方很多国家，人与人之间保持着君子似的距离。虽然亲朋好友见面时会相互拥抱或是亲吻面颊，但是连做妈妈的也不会对已经成年的儿子直接说：天这么冷，你怎么不多穿件衣服？这里面当然有文化的因素，比如在德国，人们比较不喜欢被别人"bemuttern"（像母亲对待小孩子一样对待自己），如果你好心好意地提醒别人吃水果的时候不要同时喝水或是出了汗之后不要吹冷风，别人非但不会领情，而且还会觉得你脑子有水——我都这么大的人了，难道连这个都不知道吗?! 还有的人会把这样的关心看作是对自己判断力和能力的怀疑，甚至耿耿于怀。我的丈夫是德国人，他上初中的时候，一个秋天的早上，天气非常冷，有一位男同学的妈妈专门到学校来给她儿子送了一件背心，这件事成了这位男生一生的笑柄，多年之后，每次同学聚会的时候，大家都会把这事抖落出来嘲笑他。

当然，不是说西方世界里人们就不互相关心，只是关心的方式有点不同。我的公公婆婆居住的城市距离我们家有170公里路，开车要近两个小时，如果彼此造访，在临别的时候虽然都不会忘了提醒一句:"回到家之后来个电话!"但是绝对不会嘱咐:"开车小心!"

在国外生活的时间长了，有的时候会被突然而来的中国式的温暖弄得不知所措。记得很多年以前还在上大学的时候，有一次和一个过去的老同学结伴去波恩玩。那个时候德国政府还没有正式迁都柏林，中国驻德国的总领事馆和教育处都还在波恩。我和我同学那时都还是穷学生，又都是中国人，听说教育处有招待所，价格便宜，于是就准备去借宿。我清楚地记得那是初冬，我们的火车到达波恩的时候已经华灯初上了。下车之后，我们才发现没有招待所的地址,无奈之下只好往教育处打电话,心里很忐忑,不知道人家是不是已经下班了。电话很快接通,听了我的陈述,电话那头的工作人员说那么你们先到教育处来吧,我们送你们去招待所;我硬着头皮又问,怎么上您那儿去呀?他于是在电话里耐心地讲了两种路线,我听得稀里糊涂,正准备说谢谢打算自己看地图的时候,对方在挂断电话之前仿佛是不经意地问了一句:"那么,你们跟我们一起吃晚饭吗?"在那个寒冷的黄昏,这样的一句话差点儿令我落下泪来。

离家这么多年,我早已习惯了和人保持客气的距离,我不会给人敬酒夹菜,也不会嘱咐别人多加一件寒衣;但是在我的心里,我仍然喜欢中国式的温暖。

天若有情

　　我的母亲不久前去世了，在她生命的最后两周，我和父亲陪伴她走过了人生最痛苦与艰难的时光。这是一段充满了无奈和不安的、永生难忘的日子。

　　当时的母亲已经不能独立行走，大量的止痛药使她神志不清，她仿佛沉浸在自己的世界中，我们与她已经很难交流。看到她渐行渐远，我的心里有很沉重的无力感。但是早已身心疲惫的父亲，却能够在这样困难的时刻，不忘保持一丝幽默，这不但给了我信心和力量，更使我们与母亲最后在一起的日子里，时不时有了笑声。

　　每一次将母亲扶起来的时候，她都强忍着疼痛，紧紧抓住父亲的手臂，父亲慢慢往后退，母亲艰难地一步一步往前挪，这个时候，父亲会说："你看，咱们年轻的时候没来得及跳华尔兹，现在补上！"偶尔，母亲状态略佳，父亲只需用一只手臂撑住母亲的时候，我说："你们又可以跳华尔兹啦！"父亲就会纠正我："哪里，今天我们不跳华尔兹,我们跳探戈!"

有一天下午,我给午睡后的母亲穿好衣服,用轮椅把她从卧室里推到起居室,父亲迎上来,笑嘻嘻地给母亲鞠了个躬,说:"老太太,我给你鞠躬啦!"母亲有些恍惚地看了看他,口里含糊地说了声:"好",我赶紧说妈妈你应该说"平身"才是,母亲听懂了我的话,却没有力气说什么,我于是替她降旨:"你平身吧!"父亲才心满意足地直起身来。

那些日子里,母亲的状况时好时坏。遇见她状况好一点的时候,我会用轮椅推着她从一个房间走到另一个房间,让她一间间"视察",有时遇到我的被子还没叠,我就会赶紧自我批评,说不好意思,今早还没来得及整理内务。这种时候母亲一般不说话,有一次她意外地用手指了指厨房的抽油烟机,示意这个该擦了,令我们欣喜异常。还有的时候,母亲会让我们搀扶着走几步。只要她有一点小小的进步,我们就会不厌其烦地鼓励她,有点像夸奖一个小孩儿:"妈妈真棒!牙刷得真好!咱们再梳梳头!"妈妈今天饭吃得不错哟!再多吃点儿!"。母亲有时不胜其烦,就会说:"你别老是表扬我!"爸爸听见了,就会佯装生气道:"这种话她就不跟我说!她就只会批评我这个做得不好,那个弄得不好!"然后我们就都笑了。

母亲出身大家，自小讲究，一辈子爱干净，此时却因为剧烈的疼痛什么都顾不上了。为了给她洗澡，我们总是事先做好了充分的准备，把热水早早烧好，电暖器开上，换洗衣物一应就绪，床单被罩也都换上，热水袋大毛巾之类的更是不在话下，可尽管如此，她还是经常变了卦，因为她疼得经不起折腾。有一天，她终于答应合作了，我父亲高兴得不得了，对我其实更是对母亲说："你拿出张纸来，让她签字画押，盖手印，如果她再反悔，那今天不让她上床睡觉！"

　　我的父母从相识到结婚，已经携手走过了半个世纪，和世界上的大部分的家庭一样，他们的婚姻也不总是风和日丽，也有过暴风、不安与瓶颈，但是，他们走过来了，在人生的最后时刻，他们相濡以沫、携手共行，那些个风雨与坎坷，又能怎样呢，最多只是人生的丰富而已。

　　有一天的夜晚，我母亲打铃叫我们，我们都来到床前伺候。父亲把母亲从床上扶起来，我还开玩笑说，妈妈你没嫁错郎吧，你看我爸对你多好！这个时候的母亲，根本听不清我的话，只顾着站起身来，但是她试了几次才勉强站住，父亲一只手扶着她，用另外一只手摸了摸她的头发，抚了好几次，然后说："你不要怕，我在这里呢，我是你的大树，我在这里，你怕什么！"我自小没有看见过父母之间的亲昵,这个时候父亲顾不得许多,他的眼里只有我的母亲。我一下子没了话。他用额头顶了顶我母亲的额头,我不知道他又对她说了些什么,我的眼眶湿润了,等我把母亲推到洗手间的时候,父亲没有立刻跟过来,我知道是为什么。

十一月十一日那天,我的母亲坐在卧室大窗前的藤椅上,在中午温暖的阳光里,口中含着我从德国带给她的巧克力,静静地离开了人世。天若有情,请让我的母亲一路走好,天堂里不再有痛苦;天若有情,也请告诉我母亲,我们是多么地想念她,让父母的感情穿越时空,在此岸与彼岸继续。

那日黄昏

一天傍晚，我从汉堡的亚洲店买了东西出来，外面不知什么时候开始下起了雨。在往停车场走的路上，雨越下越大。我没有带伞，看见不远处有一个公交车站，于是决定去那里暂时避一避。

也许是因为秋日渐深的暮色，也可能是车站玻璃屋里明亮的灯光让我想起了很多年前的某个黄昏。

那时我还是一个很年轻的留学生，周末有时会乘公交车去近郊的一个小镇上看望朋友。有一次从朋友家里出来的时候，已经是掌灯的时分了。我独自一人坐在灯火通明的车站，望着被秋风吹卷着的落叶发呆，四周除了风声和偶尔开过的汽车声听不见别的声响，也看不见一个行人，我把衣领竖起来，缩起了双手。

十几分钟后，对面的那条街上出现了一个人，他走得有些迟疑，好像在寻找什么，看到我，就越过马路，径直朝我走来。

我远远就看出这是一个高大魁梧的德国男人,他脚步轻捷,亮锃锃的光头非常惹眼。我在心里暗暗地倒吸了口气,特别是当我看清他穿着军绿色的薄棉夹克的时候,我越发地紧张起来。这个人的装束,尤其是那明显非自然的光头,简直就是典型的德国新纳粹的打扮,他到底要干什么?

我那时留着齐腰的长发,又坐在亮处,打老远都能看出我是个中国人。我的心开始狂跳。我是知道右翼新纳粹的厉害的……我越想越怕,不由自主地站起身来,走到站牌下面去,我可以感到我的腿在发抖。

就在我考虑逃跑是否还有意义的当儿,那个人已经离我只有十几米的距离,我知道现在跑太晚了,只好硬着头皮等他过来。那个人在离我大约两米的地方站定,借着车站的灯光,我看到他有一张棱角分明的脸和一双令我万分意外的友善的眼睛。他搓了搓双手,有些拘谨地开口了:"对不起,请问您知道去哈根街怎么走吗?"

时隔多年,偶尔想起那日黄昏,我心里总会掠过一丝惭愧。我仅仅因为外表就把一个素不相识的人归入了一个不良的群体,唯恐躲之而不及;然而这个"恶人",却过来向我这个明摆着的、说不定连德语都不会说的外国人问路,这是怎样绝妙的对比!

成见未必都是空穴来风,可成见深了,就容易产生偏见。如果人与人在交往的时候,能够注意不立刻戴上成见的有色眼镜,而是用自己的眼睛去认识和区分,那么我们的世界应该会和谐很多吧。

猫

几年前,我们家曾养过两只兔子,一只得兔流感死了,另外一只和他的野兔女朋友私奔了,我从此不再养宠物。

后来,孩子们吵着想养猫,软磨硬缠了很久,信誓旦旦保证说猫食他们用零花钱去买,打扫一类的事情绝不用我插手,等等。孩子爸本来就很喜欢猫,耳朵根子很快就软了,于是,中秋节的时候,我们家里添了两只小猫。

这是两只已经三个月大的猫崽,一只黑白相间,看上去很俊俏,又是只母猫,女儿立刻将它归为己有,给它取名"咪咪";另外那只带条纹的公猫就自动归了儿子,他管它叫"老虎"。两个小东西已经会上厕所,也已经懂一些规矩,知道即使跳上窗台,也不许挂倒或踢翻任何东西。这个让我很高兴。

孩子爸当然不会真的让孩子们自己花钱去买猫食,更何况,猫们需要的并不只是吃的,它们还得有猫厕、睡觉的棉窝窝、供攀爬的"猫树"等,除此而外,还要去医生那里给它们去虫、打预防针,明年春天来了的时候,还得去给它们做节育手术……这些费用,都不是小孩子可以负担得起的。但是,他们必须每天清理猫厕,给房间和楼梯吸尘,定时给猫喂食添水,清理被猫弄脏的地面,这些事我确实不插一根手指头,而且宣布,如果这些事情有三次没有完成,就发一次警告,三次警告过后,我们就把猫卖掉。这一招挺管用,如今咪咪和老虎到家已经两个多月了,还没有发生过"怠工"的事。

这两个小东西本是一母所生,现在又一块儿离了娘,就剩下彼此了,照理来说应该越发友爱才是,可是不然,它们打起架来可是一点儿都不含糊,一会儿虎视眈眈盯紧对方的眼睛,左右踱步,然后瞅准一个机会扑上去,扭成一团,满地打滚儿,真是空手道柔道的功夫都一起用上,打得奋不顾身、精疲力竭,还好,打归打,打完了,两个小家伙就又会挤在一个棉窝窝里,相互依偎着,或是眯起眼睛来打盹儿,或者目不转睛地看窗外的风景。我们放学或下班回来的时候,经常可以看到楼上窗玻璃前贴着两个小脑袋,好像在望眼欲穿地盼望着我们回家,那景象很温馨。

我本来是反对养猫的,所以对这两个小猫崽一开始没有什么好脸色,如果它们敢跳上沙发或是饭桌,我会凶神恶煞般地把它们赶下来，所以这两个小东西看见我就躲，好像见到了瘟神。随着时间的推移，特别当我看到它们可怜巴巴地藏在角落里偷偷看我时那可爱的模样，也逐渐起了恻隐之心，慢慢对它们温和起来。

可是，它们仍旧不喜欢我，不让我随便碰它们。有一次，我将"老虎"强行抱到怀里，本来是想好好抱着它亲昵一下的，没想到它使尽了全身的力气，不顾一切地挣脱我的怀抱，跳到地上去了。我很恼火，也很沮丧，这个时候，一直站在我身边目睹了这一幕的儿子开口了，他一本正经地对我说："猫要是喜欢你，它自然就会到你这里来了；如果不喜欢，你强求也没用。"这句话让我对我儿子刮目相看，他还不到十岁，竟然懂这个道理。是啊，别说对猫了，对人也一样啊，有些事情，确实不能强求，别人喜欢你，应该心存感激；如果不喜欢，亦应该尊重。

所以，养猫需要耐心和爱心。

●

近旁的那些人

我在德国这些年

我的婆婆卡琳

　　我的婆婆卡琳是个精致的老太太，今年六十七了，身体不太好，背也驼了，可仍旧活得一丝不苟：家里擦得纤尘不染，花园里的草木齐整葱茏；她每个星期去做一次头发，衣服首饰的色调搭配得非常协调，就是不出门的日子，她也会把自己打扮得漂漂亮亮。卡琳是听着猫王、约翰−列侬和滚石乐队的歌长大的一代，见证了德国的经济起飞和资本主义的黄金时代，经历过性解放和红色1968，可是在她身上，看不到这些疯狂岁月的影子，她就和德国千千万万个普通的家庭主妇一样，在平凡生活中度过了大半生。

　　卡琳有三个孩子，都早已离开了家，生活在别处。她和我公公两个人老来相守，每日会友散步，不时出去听听音乐剧，或是到南欧去度假，日子过得倒也滋润。但是她心里最为牵挂的，还是她的孩子们，尽管他们早已有了自己的家庭，不再像小时候那样需要她；毕竟，她为他们奉献了自己的一生,而他们,曾经是她生命的中心。

卡琳的儿子,也就是我丈夫,在家里排行老二,上有姐姐下有妹妹,从小把他夹在中间整治,当妈妈的心疼儿子,总是为他主持公道;所以,一直到现在,母子俩的关系仍旧很亲密。公婆虽不与我们生活在一起,但每个星期天晚上,我丈夫都会和他妈通电话。我有一次打趣问他,若是我和卡琳一块儿掉水里了,你先救谁;他想了想说,当然先救你啦,你是我老婆啊;我于是说,要是你妈问你同样的问题,你肯定会说先救她,他嘿嘿坏笑着不答话,我正想和他辩个分明,看见儿子跑了过来,举着小手要我抱,不由想到,要是我儿媳妇有朝一日问我儿子这么个刁钻问题,而他的回答是先救他老婆,那我岂不得气死,如此一想,眉开眼笑。

自古婆媳关系难处,原因不过是两个女人同爱一个男人,卡琳当然知道这个道理;和我不同的是,她从来没有吃过我的闲醋,或者说她从没有表露过什么,这是她的聪明,也是她对儿子的爱的最好证明,因为她知道,我们夫妇关系的好坏直接关系到她儿子的幸福,所以她不会让她儿子为难,从而影响我们之间的感情。自从有了孩子,我们两口子单独相处的时间变得少而又少;为此,卡琳有时会来为我们照看几个钟头的孩子,以便我们单独外出,重享二人世界。有一次,我们两个出去吃饭看电影,末了又去一个音乐酒吧喝鸡尾酒,回到家里已经夜里两点多了。为了不吵到老太太,我们蹑手蹑脚地进门,路过客房的时候,看到里面依稀有灯光,随即便熄灭了。第二天问卡琳夜里睡得可好,她悄悄跟我说,她一直等到我们回来,从门缝里看见外面灯亮了,才放心睡去。她知道,这话不能给她儿子听到,他听见了准跟她急;她告诉我,是觉得我一定可以理解她,因为我也是个母亲。

卡琳为她的孩子们操劳了一生,老了却不指望子女为她做什么,有次和她谈起中国的"孝",她听后淡淡地说:"孩子是我要生的,把他们抚养长大是我的责任,他们不需要回报我什么。"如此明智而大度的话,听得我不由得对她肃然起敬。当然,卡琳不会希望孩子们对她不好,如果她与她儿子之间有了什么不愉快,我也会发现她一个人坐在角落里掉眼泪,可是,我从来没听她说过诸如"我辛辛苦苦把你拉扯大,你却这么对待我,真是白养了你"之类的话。卡琳不求她的孩子们"感恩",相反,她感激上天给了她如此美妙可爱的三个孩子,这是她的幸运。

公婆家距我们家相隔一百七十公里,开车来回大约需四个钟头,自两个孩子出生以来,公婆俩爱孙(女)心切,对我们的造访也多起来,但也最多一个月一次。每次来之前,卡琳都会提前一个多星期打电话询问我们是否有时间，方不方便，绝不会无约而来；来时必带礼物鲜花，如做客一般；为了不给我们添麻烦，他们很少在我们家过夜，总是争取当天返回；公婆与我们说话的口气，也是平等而友好的成年人之间的口吻，要是提什么建议，也会使用虚拟式委婉地提出，而不会用命令式。在不少问题上，我们和他们有不同的看法想法和做法，他们不理解却也绝不干涉。我以前觉得这样的关系太生分了，一家人之间干吗这么客气；后来才明白，这份客气与距离是对子女的尊重与信任；在这样的爱与关注之下，做子女的方能没有负担地展翅飞翔。

在卡琳的身上，我看到了一场朴素的人生，一份无私的母爱。我庆幸拥有卡琳这样一个婆婆。

曼尼的爱情

　　曼尼和他的妻子赫尔嘉是我公公婆婆的老朋友,他们看着我公婆的三个孩子出生长大,对我丈夫保罗更是钟爱有加、视如己出。曼尼其实叫曼弗雷德,可能因为他随和的天性和孩童般的笑容吧,现在他眼看快七十岁了,大家仍然和从前一样昵称他为"曼尼"。

　　认识曼尼的时候,我和保罗还在谈恋爱。那年春暖花开,保罗带我开车几百公里去看望他的父母,一路上,金黄色的油菜花田一片一片地掠过眼帘,耀眼悦目,仿佛绿地毯上缀着的图案。那是我第一次去他父母家,不知道他们对儿子的中国女友会有怎样的反应,心里有些忐忑。我的不安很快就被证明是多余的,保罗的父母和姐妹初次见我就待我有如家人,也正是在他们家里,我第一次见到了曼尼和赫尔嘉。

　　曼尼那时五十多岁,头发已经落光了,体态有些臃肿,但精神很好,眼神明亮,他的一条腿年轻时被连根截去,虽然拄着双拐,却身手敏捷,见到我立刻过来与我握手,他不多话,只是朗朗地笑着仔细打量我,好像在打量自己的儿媳妇;倒是赫尔嘉比较爽快,拉着我问东问西,快人快语地讲述保罗的童年趣事,说保罗小时候有一次被他姐姐妹妹欺负得准备拎着小箱子离家出走呢!众人听罢一齐哈哈大笑,保罗大窘,"气急败坏"地要赫尔嘉赶快住口。

流年似水,如今我与保罗已经结婚十一年了,每次去探望公婆,都不会忘了去看看曼尼夫妇。他们见了我们总是由衷地高兴,特别是看到我们的孩子一天天地长大,从牙牙学语的小宝宝慢慢变成了骄傲的小学生,他们的欣慰溢于言表。曼尼夫妇膝下无子,却非常喜欢小孩儿,所以他们的欣慰里也夹杂着些许的遗憾。曼尼结婚后不久就被查出得了骨癌,不仅要立即截肢,还得做化疗,在赫尔嘉的爱与支持之下,曼尼最终战胜了可怕的疾病,活了下来,可也为此付出了沉重的代价——他失去了一条腿,化疗也使他丧失了生育能力,但赫尔嘉却始终与他相知相守,不弃不离。她提起治病的那几年总是说他们两个"共同走过了地狱",既然经过了"地狱"的水深火热,后来几十年里的风风雨雨对于他们来讲也不过是闲庭信步而已。

曼尼与赫尔嘉自小青梅竹马,照曼尼的话说"从一生下来就爱上了她"，赫尔嘉对曼尼却是"一千见之后才钟情"，她一度嫌他拙口笨舌，长相也不够英俊，只想和他接着做"最好的朋友"；他没有别的办法，只能眼睁睁地看着赫尔嘉和别的男孩子出去约会，倾听她向他讲述恋爱中遇到的烦恼，曼尼的伤心可想而知，但是他不放弃，一直等她等到铁树开花。在曼尼病重、对生命失去信心的时候，是赫尔嘉守候在他身边，对他说只要坚持，就一定会有奇迹，你看我现在不成了你的老婆了吗，这也是你以前认为绝对没戏的事儿啊！

　　近一两年来，曼尼夫妇越发地见老了，尤其是赫尔嘉，身体明显发福，服饰也不再像过去那样讲究。也许年纪大的人比较爱怀旧吧，有一次去看他们的时候，我们发现曼尼书房的墙上多了十来张镶着镜框的老照片。我从来就喜欢黑白相片，喜欢那种久远的气息，于是就一张一张地看过去。我的眼神在其中一张照片上停留下来，久久无法挪开——这是一张抓拍的相片，时间大概是在二十世纪六十年代初，曼尼还有一头浓密的头发，他正用双手捧起赫尔嘉的脸，微笑着凝视她；年轻时的赫尔嘉非常清丽，她被动地仰着头，直视着曼尼的眼睛，风吹乱了她长长的卷发，他们显然不知道自己在别人的镜头里，那相互凝视的眼神里充满了深情。我被这刹那永恒间的两情相许深深地感动了。回头看看现在的赫尔嘉，我很难将她和照片上的她联系在一起。岁月无情，谁也经不住时间的流逝；可是岁月又有情，曼尼与赫尔嘉虽然韶华已逝，他们却仍然像从前一样相濡以沫、挽手人生，我想，这应该是爱情的最高境界了吧。

迪娜

迪娜是个美丽精致的女人,白皙细腻的皮肤,挺直的鼻梁,耳环的式样与颜色总是与衣服搭配得非常协调,每每看到她,我总是不由自主地想起一个中文的形容词:赏心悦目。

初见迪娜,是在新生见面会上。那是一个温暖的春日,我刚下了火车,匆匆赶到系图书室的时候,里面已经坐满了人,我看到后排好像还有一个空位,就走过去问坐在旁边的女孩子这里有人吗?她微笑着摇了摇头,我注意到她有一双异常妩媚的大眼睛,顾盼生辉。中间休息的当儿,她告诉我她叫迪娜,来自俄罗斯。

那一年,我们都还非常的年轻,我二十出头,而迪娜只有十九岁。作为系里为数不多的几个外国新生之一,我们很快就开始结伴一起上下课、去食堂和图书馆,没课而又有太阳的日子,我们会在学生咖啡厅买好咖啡端到外面来,坐在图书馆矮矮的石砌围墙上,眯着眼睛把脸冲着天,一边享受不常见的阳光,一边有一搭没一搭地说话,那个时候,我们的手里好像握满了繁华,内心里却有着一种说不出来的寂寞——青春的寂寞。

　　时日无声流淌,迪娜与我慢慢地从要好的同学变成了闺蜜,我们一起去看电影,结伴去游巴黎,在寒冷的冬天的晚上,我们两个会坐在我宿舍的地毯上,听着窗外呼啸的风声,手里捧着热热的茉莉花茶,谈论着东西南北、儿女情长的话题。迪娜十二岁的时候,母亲遭遇车祸去世,年少的她转瞬之间与她最依恋的亲人阴阳相隔,这无疑是一个沉重的命运的打击,每次谈起她的母亲,迪娜都会忍不住地掉眼泪,我不知道怎么安慰她,也就跟着她一起掉眼泪。

　　后来,迪娜与我相继毕业,我论文上交之后就南下法兰克福,迪娜则留校任教,并开始攻读博士学位。在此之后的七八年间,我们没有彼此联系。

　　几年前的一个春日,我散步归来,电话留言机上红灯闪闪,我一边脱鞋,一边摁下留言机的按键,一个遥远而又无比熟悉的声音传来:"嗨!我是迪娜啊!你好吗?我一直想联系你……你给我回个电话好吗? 我的电话是……"我手里握着尚未完全脱下的靴子,仿佛入定了一般,半天也回不过神来。往事如潮,顷刻之间淹没了我。

　　我去她生活的城市看她。多年不见,迪娜依然像从前那样的赏心悦目、温婉优雅,她早已取得博士学位,并获得了正式的教职,这对于一个母语不是德语的外国人来讲,能在德国大学里的日耳曼语言文学系任教,是多么难得的一件事。

　　迪娜结婚较晚,婚后不久就怀了孕,她的生理反应相当强烈,整个孕期都很痛苦,当产期终于临近的时候,我看到她给我发来的照片上仿佛只有四五个月身孕的腹部,忽然有一种不安的预感。

　　那年的夏天,迪娜与她的丈夫史泰凡给所有的亲戚朋友发了一封电邮,上面写道:"七月六日,我们的女儿吕迪娅顺利地降生了。她是个比较特殊的孩子:她比一般人多一条染色体——第21号染色体,也就是说,她患有唐氏综合征,即所谓的'蒙古症'……"我被这个消息惊得哑口无言。那个晚上,我久久地呆坐在书桌前,为迪娜感到深深的悲哀——欲哭无泪、欲诉无声的悲哀。

　　去看迪娜的时候,我望着吕迪娅无辜的小脸,拼命克制自己的眼泪,迪娜并不掩饰她的悲伤,她说,第一次把女儿抱在怀里的时候,她的感觉就像当年得知她母亲的死讯时一样,我找不出安慰的话,而眼泪却是再也控制不住。

　　迪娜一度精神抑郁,而且变得非常脆弱敏感,作为她的朋友,我们都能理解她的感受,但又不知道该说什么，仿佛说什么都不对。很多时候，我只是陪着她，陪着她出去散步、晒太阳，陪着她无言地流泪。

尽管如此，迪娜不失为一个充满爱心与耐心的母亲，每次看到她逗吕迪娅时的可爱样子，我都会很感动。她爱用手去挠孩子圆鼓鼓的小肚子，把孩子逗得嘎嘎笑；她也爱一边给孩子喂饭，一边轻柔地对她说俄语；吕迪娅稍微大一点了的时候，迪娜就带她每周去做两次物理治疗，让孩子在马背上锻炼肌肉与平衡能力。有一次，迪娜发来了吕迪娅戴着她的新眼镜的照片，上面写道："小东西戴眼镜的样子超可爱，像一只快乐的小乌龟！"

如今，吕迪娅已经三岁了，迪娜早已不再消沉，她又回到了大学里给学生上课，不时发表专业论文；同时，她加入了德国的绿党，开始从政，准备在维护残疾人权益方面做一些事情；在网上，迪娜与几对有相似经历的父母一起创办了一个论坛，互相交流经验与心得；她还专门为吕迪娅开设了一个博客，仔仔细细地记录下这个不平常的孩子成长的点滴……

迪娜的坚强不是装出来的。有一次她带着女儿来看我们，气色与精神都很好，饭后我们坐在花园里聊天，她忽然问我："你看吕迪娅长得像我还是更像史泰凡？"我瞅了瞅坐在她怀里的小妞儿，小心翼翼地回答："嗯，说不上来。"她呵呵笑了："我看她更像我，你可别忘了我父亲有蒙古血统!"我在心里舒了口气,她又有了开玩笑的心情。这个时候,迪娜抚摸着女儿细细的头发,满眼都是慈爱地凝视着她。

好的女人是一本书,读她千遍也不厌倦,迪娜就是这样的一本书。

根与翅膀

我们的邻居夏洛特是一个身材健壮、性格开朗的五十多岁的德国女人,女儿在外地上大学,不经常回家,儿子克里斯蒂安今年二十四了,还住在家里。他在附近的汉堡大学读计算机专业,长得人高马大的,早就有个女朋友,喜欢游泳和跳伞。问他为什么不搬出去自己住,他说为了省钱啊,省下的房租够我跳好多次伞了。夏洛特对此非常不满,声称她今年内最大的任务就是把她儿子扫地出门。

夏洛特的丈夫几年前因为脑溢血突然去世,对她的打击很大。如今她守寡也好些年了,依然没有再婚的打算。有一次她为了女儿周末又不能回来看她而黯然神伤,我就问她干吗要急着赶儿子走呢,这样两个人一块儿生活,你也有个照应,否则那么大的房子,上下三层楼,还有一个大花园,就你一个人住,不会觉得孤单吗?她想了一下说,孤单是肯定避免不了的,但是我总不可能让他在我身边过一辈子吧，他是个大人了，得有自己独立的生活。

这样的事在中国会让人觉得不近人情、不可理解。孔子曰：父母在，不远游。能和子女生活在一起，在儿孙绕膝的天伦之乐中尽享天年，是多少中国人梦寐以求的理想境界。像克里斯蒂安这样的"好儿子"，自愿守在寡居的母亲身边，这当妈的应该是求之不得才对。可德国人希望孩子成年之后能够走自己的路，过自己的生活，不喜欢已经长大了的孩子长期寄住"妈妈旅馆"或者"躺在父母的钱包上"。不愿离巢的鸟在德国是遭人笑话的。

德国人将成年的子女当作平等的大人来看待，不干涉子女的生活，彼此说话也是建议或商量的口吻，很礼貌很客气。如果互相造访，也是早早打好招呼，定好时间，不会无约而来。到了对方家里就跟做客一样，媳妇不用赔小心，婆婆也不会给脸色。当然，在必要的时候，亲人之间还是会互相帮助，尽管平时各过各的日子，井水不犯河水。

这样的家庭关系在中国人看来可能太生分了。中国父母对孩子的爱是无条件的，什么都可以为孩子牺牲和付出，恨不能抱着孩子走一辈子，就算这"孩子"早就长大成人了，在父母眼里永远都是孩子。所以，从人生道路的选择到日常生活的琐碎，父母无时无刻不在关心着，影响着子女。但是,天空很广阔,世路很艰辛,做父母的不可能将孩子永远保护在自己的羽翼下面。帮助孩子练硬翅膀,以便到辽阔的天空中去独立自由地飞翔,也许比自己时刻准备着为子女遮风挡雨要好得多。

歌德说:"人应该从父母那里得到两件东西:根与翅膀。"孩子是父母心中永远的牵挂,保护孩子,是爱;放手,也是爱。

零花钱

邻居萨宾娜与海宁有三个孩子,大儿子法比安已经十八岁了,正在忙着考驾照、准备高中毕业考试和谈女朋友,他的十六岁的弟弟雷内和十五岁的妹妹安妮卡没有他的事多,所以周末或放假的时候可以不时为我们做点小工,赚点零花钱。

雷内是个身高快两米的胖胖的大男孩,性格内向,非常腼腆。我们的花园如果顾不上打理,他就会是我们的几乎随叫随到的好帮手。他干活尽心尽力,任劳任怨,草坪割得齐齐整整,杂草拔得一根不剩。如果他帮父母打理花园,一个星期只能得到十欧元,可给我们干活,一个小时就能得到四欧元。所以,他很愿意给我们帮忙。

安妮卡人小鬼大,尽管才十五岁,已是亭亭玉立的少女了。她刚交了第一个男朋友,父母那里瞒得铁紧,可是两个哥哥一个给她当军师,一个给她当参谋。我们不时请她照看我们的两个孩子。一开始我总是不太放心，毕竟孩子们的年纪还小，她自己本身还是一个大孩子。后来看到她确能胜任，才放下心来。她为我们照看两三个小时的孩子，得到的报酬就和她半个月的零花钱差不多，因此，对于我们的请求，几乎没说过"不"。

海宁夫妇都工作，收入颇丰。可是对于孩子，他们却是从不溺爱。就拿零花钱来说，法比安十八岁了，每月也不过二十五欧元。他们认为，孩子的零用钱如果太多，容易坐享其成，不思进取；他们允许孩子通过做家务或是在课余时间打点小工，用自己的劳动挣点"外快"。这样既锻炼了孩子的自主与自立的能力，又可以让他们懂得珍惜。我们要请海宁家的孩子帮忙，会直接去找雷内和安妮卡，问他们有没有时间，愿不愿意来；只要对他们的正常课业与作息没有影响，海宁夫妇不会干涉孩子们的选择，更不会替他们做决定。我认为这是一种充满了尊重和信任的态度，可以增强孩子的自信心和为自己做主的精神，而我们给他们付工钱，不仅是对他们的劳动的认可，更是对他们的尊重。

像雷内和安妮卡这样的中学生在德国并不少见。他们不仅给左邻右舍或是亲朋好友偶尔帮帮忙，增加一点零用钱；还有不少学生假期的时候去工厂、商店或是餐馆等地打工，那原因多种多样，有的是为了满足一项自己的特殊心愿,比如去某地做一趟远途旅行或者是给自己购置一台最新的电脑或音响;有的是为了资助自己的某个昂贵的课余爱好,诸如摄影、潜水、滑雪等等,当然,也有的是为了补贴一点家用,减缓父母的压力。这些中学生来自社会的各个阶层。可无论是教授的女儿出去端盘子,还是医生的儿子去工厂站流水线,谁也不会觉得丢面子。因为能靠自己的劳动去挣一份额外的零花钱,本身就是一件光荣的事。

逝者如斯

　　我的同事尤尔克在他四十九岁生日的当天离开了人世。消息传来的时候，虽然大家早有准备，但还是觉得突然。

　　一直到去世前的两个星期，他还照常来上班，除了分外的消瘦，举止言谈一如往常，我们都以为他有了好转，谁知最后一次化疗之后，他就坐上了轮椅，之后状况急转直下，不幸英年早逝。

　　几天前的一个上午，我将尤尔克的档案整理出来，在归入另档之前，将他的有关保险等资料小心地取出。档案一页页地翻过去，尤尔克从中学到大学的毕业证书、各类实习与工作经历的证明逐一呈现在眼前，那一段又一段的生命历程里记录了一个短暂却又完整的人生，看着他的相片，我很难相信一个鲜活的生命就这样消失了，而明天太阳还会照样升起，河水也会依然流入海中，我的心里不禁涌起逝者如斯的感慨。

星期六，尤尔克的家人举行了一个小小的追思会，邀请亲戚朋友还有我们公司的同事参加。设计朴素的请柬上印有一艘船，正鼓起风帆，驶进夕阳。我们知道，尤尔克生前的爱好就是和几个朋友一道扬帆远航。他的妻子在请柬上写道："尤尔克已经撑起了帆，开始了另一段旅程，他一定希望我们能够微笑着向他挥手作别。明天下午十五点，我们在家里准备了酒菜，欢迎你们与我们一起，在美酒与佳肴的陪伴下，与尤尔克做最后的告别。我想，这也是尤尔克的意愿。"

　　那天下午，尤尔克家里聚满了客人，大家都神情凝重，却没有一个人哭泣。尤尔克的三个半成年的孩子忙里忙外招呼来宾，仿佛根本顾不上悲伤。整个追思会的气氛就像那天带着凉意的阳光，有些散散的、淡淡的，尽管如此，还有不少人戴上了厚重的太阳眼镜。

　　尤尔克生前是个把工作看得比命都重要的人，去年圣诞节，他刚做完了第二期化疗，本来应该好好休息了，他却在别人都在放假的时候到公司来加班；当他在生命的最后几天，还准备坐着轮椅来上班的时候，他的妻子忍不住了，对他发火道："干脆把你葬在公司里得了！"我不知道他这么忘我的工作是不是为了忘记自己的病痛，我只是希望，这不是在他的孩子们身上看不到深切悲伤的原因。

我与几个同事一起坐在花园里，大家自然说起了尤尔克的敬业精神和他那几乎令人不可思议的无所畏惧。也许是因为喝了酒，一向很"酷"的同事托马斯谈起了他和尤尔克一起共事那么多年的点滴，他说自己刚开始工作的时候什么经验都没有，全靠尤尔克耐心地一步步引导他；他想不通，怎么一个不久前还好端端地来上班的人怎么会一下子就没了……我看到他的鼻尖慢慢地红起来，知道他深藏在墨镜后面的眼睛一定湿润了。如果尤尔克在天有灵，看到这场面，应该会感到一些安慰吧。

虽说人活百岁，终有一死，死亡是生命的一个部分，但像尤尔克这样正值人生丰收的时刻，却早早撒手人寰，确实是一件憾事。作为他的同事，我们除了扼腕叹息，还能做什么呢？如果说人的生命在后人的记忆里延续，那么我真切地希望，那些在尤尔克的生命里曾经真正重要的人，比如他的妻子和儿女，在想起他的时候，脸上会浮起温暖的微笑与感激。

未知死焉知生

业余羽毛球队的队友伊维特患了乳腺癌，放射性治疗尚未结束的时候就又重新出现在队里，她头发全部脱落，精神看上去却尚好。伊维特虽然表面上一如既往地乐观开朗,私下里,却并不掩饰她的担忧与感伤:两个孩子都还未成年,她不放心,如果早知道自己会在这么年轻的时候就离死亡这么的近,她会在很多问题上有别样的选择……

我想,不只是伊维特,不少人都是在面对死亡的时候,才会发现自己在一生中耽误了多少重要的东西,才会意识到生命中什么才是真正宝贵的财富,如果能够再活一次……

然而,人的一生如春水东流,一去不回。纵使春夏秋冬、寒来暑往,花会年年开,树会岁岁长,但是春回大地的时候,那些绿叶与花朵都不再是往年的那一些。赫拉克利特说,"人不能两次踏进同一条河流",即使人有来世,也改变不了此生的唯一。

"我从哪里来,要到哪里去?"是一个亘古的话题,只要人活着,就不可能真正知道答案,但是,对这个问题的理解,却是世界观的中心内容;而世界观,直接决定了一个人的人生观,也就是方法论。

当然,人不可能天天都在思索生与死的问题,也不是人人都得先成为哲学家,然后才能生活,更何况,大多数的人的确都像弗洛伊德所说的"在潜意识里认为自己是不死的",因此才会活得那么上劲——角逐名利、计算得失、为了蝇头小利不惜花费大把的时间;更多的人在世俗的洪流中、生计的压迫下被推搡着向前走，只有在来日无多的时候才为自己的过错或错过而感到遗憾……

子曰："未知生，焉知死？"意思是说，不必过多地去考虑死亡这种终极问题，先好好活着再说。我却觉得这话得反过来讲：未知死，焉知生？虽然人们无法获知死后的真相，但如果人对此有一个自己的解释，并在这个信念之下安排自己的生活，有意识地过好每一天，那么这一生，无论是辉煌抑或平淡，也就不妄度了吧。

只有看透了死，才懂得生。

信任是银

　　布丽吉特身材窈窕,却仍口口声声要减肥,她说最近想试试一种减肥胶囊,听说效果很好,我就故意吓唬她,说你可小心,那里面不知道是什么成分,说不定是猪肉绦虫的卵,你肚子里只需养上一条,保你终身不胖。她一听吓白了脸,说不会吧,那可是刑事犯罪啊,我大笑着说你拿到胶囊后别忘了给我看一看说明书呦,我也正减肥呢。两个星期之后,布丽吉特打电话来,说胶囊到了,我立刻跑去她家,看见那胶囊和普通胶囊没有什么差别,以为那说明书肯定也和一般药物说明书一样是一页纸,没想到布丽吉特递过来一本小册子,翻开一看,只有开头几页是有关胶囊的,说这种胶囊是纯天然成分,符合世界卫生组织的要求并定期接受其检查云云,好处当然是"毫不费力地减肥"。可是这本手册的后三分之二,却全讲的是怎样调整饮食结构,怎样既健康又不给身体增添额外负担地选择食品;怎样克服惰性坚持锻炼,并详细地给出了两个星期的"减肥菜谱",以及切实可行的"跑步计划"……我心想,如果要越发地突出此药的好处,那应该大力渲染节食的难受和跑步的痛苦才对,结果人家还是鼓励你用自然健康的方式保持身材,这不仅是一种"君子风范",更是一种别样的关怀,在这里,对消费者利益的保护和对人的尊重排在了商业利益之前。

不由想起了生完孩子之后,出院的时候,每个产妇都会收到大包小裹的"礼物",其实都是婴幼品公司给送的宣传品,从婴儿食品到奶瓶小衣服和玩具,一应俱全,还有很多育儿手册夹在其中,我对两本关于哺乳的小册子印象很深,这两本书是由德国最有名的两个生产奶粉和婴幼儿食品的厂家提供的,他们的奶粉久负盛名,精研细做,和人奶极为相近,我以为他们一定会在手册上进一步做广告。谁知翻开一看,其中一本开头第一句就是"母乳是母亲给予孩子的最珍贵的礼物",另一本的开场白也是"母乳是世界上最好的东西",两本书几乎手把手地教初为人母的人怎样哺乳,遇到问题该如何解决等等,让人看了心生感动。

想获得最大的利润是古今中外的商家共同追求的目标,这本无可厚非;有的商家能够做到不昧良心,有的却是见利忘义。作为消费者,又怎么知道每日采购回家的食品合乎健康标准、买的皮鞋不是牛皮纸做的、给孩子的玩具不含铅?到底像那生产减肥胶囊的厂家一样拥有君子风范的商家并不多见。尽管大多数现代企业都在质量和信誉上下功夫,可对于消费者来说,因为存在着信息上的差别,信任只能是银而已。

在商品检验和监督体系比较完善、消费者权益受到较好保护的国家和地区,产品和服务的质量都会比较好,因为这里的人不好骗。拿德国来讲,消费者的权益受到全面的保护,不仅有《消费者保护法》,还有很多政府和民间的产品检测组织,其中很有名的是"商品检验基金会",这是一个非政府组织,却很有声望,他们给几乎所有的商品打分,一般商家会把由这一基金会打的分印在包装上,作为消费者购买时的有效指南。所有的商品都会受到定期的质量检测,包括餐馆,也会有专门人员不时进行突击性卫生检查。在德国,尽管也出现过"腐肉丑闻"之类的事,但总的来讲,买东西一般可以放心,不会买到过期的食品、假药、假冒名牌或是"黑心奶粉"……

只是一味地指责商家和企业坑蒙拐骗、见钱眼开是没有用的,如果消费者不能挺起胸来保护自己的权益,而只是把希望寄托在厂商的良心上,那么最后吃亏的还是自己。信任是银,监督是金,这不仅适用于市场经济上。话又扯远了,还是打住吧。

爱与宽容

昨天儿子足球联赛，我们走向球场的时候，远远看到坦妮娅与她的前夫阿历克斯站在场边上，一边看着他们共同的儿子米卡踢球，一边友好地交谈着。我知道，他们离婚已经好几年了，阿历克斯与他的新妇也有了一个小女儿安妮。球赛开始之后，坦妮娅站到我身边来，仿佛无意地说起这个周末阿历克斯要和他夫人去南部度假，由她来照顾他们的女儿。看到她自然的神情，我的心里浮起一股说不出的佩服与敬意。

我与坦妮娅并不是很熟，但是我可以想见她在婚姻破裂之初有过的痛苦与纠结，虽然所有的苦痛都会随着时间而逐渐淡化，可能做到她这样也不是容易的事情。不由想起我的女友安奈特，她与她的丈夫卡斯滕曾经是令人艳羡的一对金童玉女，房子漂亮，女儿美丽，谁知卡斯滕突然变了心，与他公司的一个二十四岁的女孩好上了，从家里搬了出去。这对安奈特无疑是沉重的打击，她虽然在一年之后有了一个非常体贴的男友,可是从她不经意间流露出的落寞的神情里,仍然可以看出她还是没有走出前段婚姻的阴影。但是她却依然把卡斯滕的父母称作自己的公公婆婆;在女儿生日的时候,卡斯滕带着女友一起到安奈特家里来给孩子开生日派对;在孩子的升学仪式上,卡斯滕也作为父亲坐在安奈特及其男友的身边……

我曾经问安奈特怎么可以做到如此大度,难道你一点儿都不恨他吗?她想了一会儿说:"那又有什么用呢?反正他的心也回不来了。……他现在过得挺好的,就祝福他吧。"我看到她的鼻头渐渐地红了起来,赶忙用别的题目岔开话头。

也许安奈特至今没有将这件事真正放下,但是她知道强扭的瓜不甜,所以能够理智地对待,这也不是人人都能做到的。在世界的各个角落,离婚时为了财产分割或是孩子的抚养权而打得天翻地覆的不在少数,可是能像坦妮娅那样与前夫保持友谊或是像安奈特那样为了孩子与卡斯滕共同担当父母之职的却是并不多见。能够做到这一点的人,需要有强大的内心。

老话说:"百年修得同船渡,千年修得共枕眠。"一个严肃的人,会珍惜生命中的每一段感情。在缘尽的时候,如果爱已消失,那么说一声再见也许并不太难;可是,如果爱遭到了背叛,在不得不分手的时候,还能够为对方送上祝福,并道一声珍重,却不容易。

在一个人的自我认同尚未建立的时候,会希望通过爱情来证明自己完成自己,如果在这个阶段感情破裂,带来的不只是伤痛,更多的是对自己甚至对世界的怀疑;可是当人逐渐成熟之后,就会发现,即使是这种伤痛也是成长的一部分,挫折也会使人坚强,对那个负心的人,就不会只留下怨恨,而是宽容与原谅。

不以成败论英雄,也不以结果来评价一段感情是"值"还是"不值",是需要自信作为底气的,有了这样的底气,才能够做到宠辱不惊,不在别人的回报上计算自己的得失。真的勇气,不只是追求的勇气,而是承受得住失去时的痛苦的勇气,能够在分手的时候,对自己曾经深爱过甚至仍然爱着的人说一声珍重,然后放手,那是真爱,因为,爱的本意是希望自己爱的人生活得幸福,也因为,真爱与他人无关。

伟大的理想

记得上小学的时候,老师最爱出的作文题目是《我的理想》,我们的答案多种多样,有的长大了想成为科学家,有的想当作家,有的想当音乐家,有的想成为医生……几乎都是带"家"的志向,我们以为只有这样的志向才是伟大的,才是老师喜欢看到的,才符合家长对我们的期望。

相比之下,德国小孩的志向显得很平庸,很多小男孩希望将来能成为警察,消防队员或是火车司机,小女孩们则想当空姐,护士或者电影演员;想到成名成家的小孩几乎没有,倒也不是他们天生胸无大志,这是不同的教育方式带来的结果。

无论是中国的还是德国的父母,那爱孩子的心都是相似的,都希望自己的孩子幸福,只是对"幸福"的看法有所不同。对于很多中国人来说,成功是幸福的前提,为此,他们不惜重金,不遗余力地帮助孩子学琴,学画,学英语；德国的父母也很注意培养孩子的兴趣与爱好，但是如果他们发现他们的孩子不是那块材料，也不会强迫。毕竟，天才只是少数。一般德国人会刻意避免将自己的意愿强加给孩子，或是指望孩子完成自己没有达到的理想，而是着重培养孩子的自信心、独立性和解决问题的能力，对于孩子经过思考做出的决定，父母会表示尊重，至于孩子最后是读了博士后还是成了钳工，并不是最主要的，只要这是孩子自己选择的生活道路，成为一个自食其力的、快乐的人，做父母的就感到欣慰了。

多年以前一个夏日的黄昏，晚饭后坐在我的好友蕾娜特家的廊前闲聊，话题不知怎的就转到理想上去了。我问她的当时只有十六岁的女儿卡罗琳，中学毕业后打不打算读大学，她说打算啊。那你想读什么专业呢，我又问，以为她可能还没想好，会一下子答不上来；谁知她不假思索地说，她想学聋哑人的语言与交流。我听后很吃惊，没料到她会有这么一个答案。我还从不知道在大学里还能学这个专业。她似乎看透了我的心思，从容地解释说，德国只有为数不多的几所大学设有这个专业，在北德地区只有汉堡有，所以她也会去汉堡读大学。更让我吃惊的是，她甚至还大概讲了德国在这一领域的现状和不足，讲得有条有理，显然是经过了详细的了解和充分的思考，不是一时的心血来潮。我盯住蕾娜特，想知道这是不是她的主意;蕾娜特赶紧解释说,这完全是卡罗琳自己的想法,她根本没有参与过。当我问卡罗琳何以会有这个理想时,她说起因其实很简单,她一年多以前的暑假在一所残疾人小学做过一次社会实践,在那里,她接触了很多聋哑儿童,发现这些小孩大都天资聪颖,如果不是因为语言交流的障碍,完全可以和正常小孩一样,所以她认为正规哑语的教学应该从学龄前就开始,而且,聋哑人的情况各个不同,比如很多都是只聋不哑,只要通过特殊的语言训练,他们完全有掌握说话能力的可能。但是,她认为,德国在聋哑人的早期语言教育等方面做得还很不够,为此她很想能在这一领域尽一份力,帮助聋哑人过上正常的生活。

如今很多年过去,卡罗琳也快大学毕业了,不久前遇见正忙于准备论文的她,问她是否已在注意工作职位,她说当然,可是目前经济不景气,找工作很难;我说你是特殊人才啊,怎么就会找不到工作,她说她学的是冷门,本身需求量就有限,说到这里,她叹了一口气,说理想与现实之间还是有很大的差距。我小心翼翼地问她,你后悔当初的选择吗?她笑了,说,我决不后悔,而且,世界很大,聋哑人到处都有,我不会找不到自己的位置的。望着眼前这个青春飞扬的、从容自信的卡罗琳,比她大快十岁的、曾经有着"伟大理想"的我,不禁汗颜。

礼物

　　我马上要过生日，准备开一个"女巫之夜"庆祝会，请我的女性朋友们来热闹一下。十几张请帖发出去几天之后，回应的电话陆陆续续地到了，不能来的按下不提，能来的在感谢邀请之后一般都会单刀直入地问："那你有什么特别的心愿吗？"这个当然指的是生日礼物。过去，我的回答总是千篇一律：好心情，好胃口，别的什么都不重要。但是总有人会锲而不舍地问下去。这一次我就不故作矜持了，也直接回答：某某书店或某某化妆品店的礼券都不错，对方于是心满意足地放下电话。

　　我在德国已经生活了这么多年，对德国人的这种送礼方式还是有些不习惯，觉得太实际太不浪漫了。当然，也只有熟识的朋友或亲人才会提这么直接的问题，原因很简单：这样既省了考虑该送什么的心思，也省了满街寻找挑选的时间，更避免了送去别人不需要的东西而花冤枉钱，所以，就是送礼，德国人也讲究"优化"。在德国，没有"礼品回收"这样的店铺。

在礼物的内容上，德国人爱送实用性比较强的物品或礼券，一般都会包装得十分漂亮精致，就算东西买来时就已有精美的包装，也会自己再用包装纸包一下，让人一眼看不出里面是什么。收到礼物的时候，人们会当着送礼者的面把礼物打开，一边啧啧称赞，一边表示感谢，一点也不掩饰自己的喜悦与感激。这些都和中国人的做法有点不太一样。过去中国人送礼不太讲究包装，现在是觉得没有必要包装，因为那些礼品很多已经躺在丝绒织锦的盒子里，而盒子外面是相配的手提袋，这样的礼物就是直接送给外国人也没有什么关系，反正人家也不知道那袋子上印的是什么字。中国人收到礼品一般会先放到一边，等客人走了再打开，这是中国人的含蓄。

中国人的"见面礼"让不少德国人感到措手不及。记得很多年前，我在《法兰克福汇报》实习，有一次来了一个中国代表团参观访问，因为我是中国人，所以也被派去陪同，访问结束的时候，中国代表团的负责人不仅给我们陪同的人员，还给编辑室的所有编辑都送了礼物。当我们拿着一堆礼品回到编辑室的时候，大家都很诧异：今天是圣诞节吗？还是咱大伙集体过生日？

德国人很少会没有缘由地给人送礼，中国人在这个方面有一定的随意性，我比较喜欢意外的惊喜。我小的时候,过节过生日我父母都不会给我买什么礼物,但每次父亲出差,都不会忘了给我们全家人都带点东西,有好吃的也有好玩的,所以他每次回来,我们家就跟过节一样。有一次父亲出访非洲归来,沉甸甸的大箱子里有大半箱都是给我们捎带的礼物,而且都还用包装纸包好,放了满满一大桌。我们急急地把包装纸逐一撕开,里面有壁雕、木质的足有几公斤重的犀牛……我喜欢这样温馨的礼物。

现在的中国,物质生活极大丰富,什么都可以买得到,所以每次回国,该给国内的亲戚朋友带些什么礼物就成了一个令人头痛的问题。有的时候实在想不出什么,我都恨不得直接打个电话回去问问:"你说我给你带点什么比较好?"

一座城市的记忆

　　也许是早春的缘故吧，伊斯坦布尔的大街小巷还残留着冬的味道，虽然有阳光照在身上，但光线显得有些苍白，使周围的人与物都有了逆光的感觉，在这样的黑白光影里，我可以感受到帕穆尔在《伊斯坦布尔，一座城市的记忆》中所描写的那种情境与氛围，就应该是这样的——一座黑白的城市。

　　帕穆尔笔下的伊斯坦布尔，是一座在历史的变迁中，在现代化的进程里苦苦寻找着自己文化定位的城市，旧日帝国的辉煌已经不再，新的共和国在寻求西化的过程中不断丧失本土文化的根基；这本书，记录的不只是帕穆尔自己的迷惘与成长，更是一座城市的挣扎和自我寻找。

　　我不知道，现在的伊斯坦布尔是不是已经找到了自己的定位，但是走在这座城市的街头，却可以时时感受到这里并存的各种对立与交融——伊斯坦布尔是黑白的,也是彩色的:大巴扎里的悦目缤纷、各色各样的土耳其甜点、博斯普鲁斯海峡上壮丽的夕阳都赋予了这座千年的古城无限的生命力;伊斯坦布尔是喧闹的、嘈杂的,也是淡定的、悠闲的:人来车往的市场上、街巷里,在匆匆忙忙的大城市的脚步声中,随处可以看到送茶水的人,手里提着一个放着好几杯热茶的大茶盘,从容地穿梭在人群中,将茶水送到坐在门前聊天的街坊那里,或是送到正在等待顾客的店家的手中;在跨越金角湾的格拉塔大桥底层,是热闹非凡、灯红酒绿的餐厅、咖啡屋或是酒吧,日夜莺歌燕舞,上面那一层的桥栏边却总是站满了钓鱼的人,耐心地撒饵等待,仿佛对时日的流转、岁月的悠长全不在意。

伊斯坦布尔是传统的也是现代的:大街上有全身素裹、戴着头巾的穆斯林妇女,也有穿着短裙皮靴、把头发染成各种颜色的潮女;老城区的埃及市场里,各色各味堆成一个个圆锥形的调料好像在诉说着来自一千零一夜的故事,金角湾对面的独立大街上,却有着欧洲最精致豪华的购物中心;当然,伊斯坦布尔既是欧洲的,也是亚洲的,是这个世界上唯一一个跨越两大洲的城市。

这样的一座城市在历史的转型时期曾经不知何去何从,似乎可以理解。随着奥斯曼土耳其帝国的解体和1923年土耳其共和国的成立,在西化的进程中,人们开始摒弃自己原有的传统与文化,但是在打碎了一个旧世界之后,新的道路到底在哪里?有些人在民族主义中寻找慰藉,1955年,因为塞浦路斯的纷争,伊斯坦布尔的土耳其人打砸抢了独立大街附近所有希腊人的店铺与住宅,而这些希腊人,正是在这座城市还叫君士坦丁堡时候的希腊人的后裔。在帕穆尔的笔下,这个时期的伊斯坦布尔,被一种叫作"呼愁"的情绪所笼罩,在无所适从的惶惑里,人们显得对自己城市的过去与未来都漠不关心。

在如今的伊斯坦布尔,感觉不到"呼愁"和迷惘,传统文化与现代化并行发展,不同宗教信仰的人和平共处,在老城区穆斯林的聚居区,每到祷告的时间,各个清真寺的塔台上就会传出响亮的召唤信徒们祈祷的诵经声,人走在街上,那调子就仿佛紧贴在耳边,回转苍凉,如泣如诉,一日五次,是这里的人生活中的一个自然组成部分;在格拉塔大桥对面的柏尤格鲁区,独立大街上,三月里却仍然悬挂着圣诞节的灯饰,肃穆的天主教堂里,新任教皇弗兰西斯库斯在巨大的海报上微笑,在这里度过的那一天中,我们没有听到过一次诵经的声音。

伊斯坦布尔不仅在地理上,也在文化上做到了东西合璧、相辅相成,一座城市就如同一个人,有了自信就会宽容,有了宽容与自信,就会散发出独特的魅力。

时光的船

那天，从弗拉利教堂出来，已是太阳西斜的时分。走上旁边的石桥的时候，看见桥下静静地停靠着两艘贡多拉，两名年轻英俊的船夫带着他们特有的职业尊严从容淡定地等待着游客，他们身着白蓝条子的T恤衫，头戴白色平顶打着蓝色缎带的草帽，看见我们有乘船的意思，不慌不忙地上来招呼。我们很快谈妥了价钱，跟着他们穿过桥下的窄巷走到河边，上了停在外侧的那艘贡多拉，坐好之后，船夫也脚步轻盈地跨上船来，在左侧站定，优雅地撑了几下橹，那船便几乎无声地滑了出去。

从贡多拉上看威尼斯，确实别有一番风情。这座承载着千年历史沧桑的古城，却依然风姿绰约，仿佛有着落不尽的繁华。街巷两旁的房屋，很多都剥落了墙皮，底层的大门有的已被水浸坏，透过破损的门户，可以看到房子里面去；但是，屋檐下、窗台边仍然可以看到精致雕花的壁饰与花纹，显示着昔日的荣耀。每一扇窗、每一个阳台都在讲述着久远的故事,有的窗口还晾着尚未收进去的衣物,在黄昏西斜的太阳里懒懒地散发着生活的味道。有的巷子非常窄小,好像伸手就可摸到墙壁,然而就是在这样的巷口,我们的船夫也能够轻松地将十一米长的贡多拉转过弯去,他告诉我们,他家里祖祖辈辈都是贡多拉船手,如果他将来有个儿子,也希望他能继承自己的职业,言语间流露出的自豪洒落在和煦的春风里,给人岁月静好的感觉。

我们的船在幽深的水巷中穿行了一段时间之后,驶进了大运河,这是威尼斯最繁华的"大街",一时间,各种声音迎面而来——水声、人声、机动船的马达声……不远的雷阿尔多桥上,游人点点;两岸优雅的露天餐厅里,已有不少客人坐在桌布笔挺、刀叉雪亮的餐桌前研究着菜谱;我尽管也喜欢眼前生机勃勃的热闹,但是更喜欢小桥流水人家的景象,因此,当我们的船重又折回到小巷里时,我的心里由衷地喜悦起来。

重新归入了先前那种与世无争般的安静,我们的船夫悠悠地吹起了口哨,不时低低地加进几句意大利语的歌词,仿佛无心又似有意,若有若无,清逸回转。忽然之间,想起了几年前的周庄。

那是一个冬日的下午,我们乘坐的木船行走在那座江南水乡中的古镇,黑色的屋檐、灰白的外墙仿佛水墨画中的图景，只有那些成串的小红灯笼给寒冷肃杀的色调添上些许暖意。我们的船在水巷中穿行，仿佛穿过了悠长的岁月。那老船夫的脸上刻满了皱纹，中式的对襟褂儿，黑色的宽脚裤，却戴了雪白的手套，他一边摇着橹，一边说他会唱歌呢，在我们的一再央求下，他不再矜持，扯开嗓门，那一刻，在他嘶哑的歌声里，仿佛那秦时的月汉时的风，一瞬间都聚集到眼前。

不管是威尼斯还是周庄，我喜欢有着悠久历史沉淀的古老城镇，喜欢每一座桥、每一盏灯下可能有过或正在发生的悲欢离合，我喜欢坐在岁月的船上，倾听时光的声音。

土耳其浴室

　　去土耳其度假之前，朋友们都说你一定要去洗一次土耳其浴，那将会是难忘的体验。我有些迟疑，因为对土耳其浴室所知甚少，又想起了安格尔那幅挂在卢浮宫里的同名油画，多少给人暧昧的感觉。后来还是没挡住自己的好奇心，找机会去见识了一下。

　　我们度假的地方是土耳其南部地中海沿岸的斯德（Side）市，这个地方几千年前就曾经是希腊及罗马帝国的外省，现在仍留有很多当时的古迹，比如海边上的阿波罗神庙、圆形剧场等，其中也包括了罗马浴室的废墟。罗马浴室可不是一般的公共澡堂子，而是规模宏大的建筑，结构复杂、技术先进，有暖气和冷热水、宽大的更衣室和休息室，这里不只是净身的场所，更是当时的人们最重要的社交场所之一，在浴室里，人们聊天、讨论、唱歌、饮酒、放松身心、消磨时光。随着罗马帝国的消亡，其浴室文化也随之衰落。后来出现的土耳其浴室融合了罗马浴室的风格和东方洗浴风俗的特点，可谓东西合璧，自成一体。

我去土耳其浴室的那天，虽已是傍晚时分了，太阳却依旧白花花的。车子刚到浴室门口，还没等我来得及从外面看一眼，就有守候在门前的人跑过来热情地引我进去。不算太大的门厅里，除了柜台之外，还有一个供人休息等候的雅座。登记之后，手腕上多了两块小牌子，我被人领到雅座坐下，然后就有热茶端上来，随着茶一起奉上的还有一份关于此间浴室的简介。一盏茶过后，柜台后面裹着头巾的女子微笑地领我去更衣室。进去之前，她递给我一块大浴巾和一块红白相间的格子布，我不明白这格子布是干什么用的，她笑了一下，对我做了一个裹身体的动作，我恍然大悟，可最后还是换上了游泳衣，再走出来的时候，那位女子耐心地等在那里，将我带到一个小房间跟前，让我进去，然后随手带上了门。

这是一个纯白色的房间，墙壁、天花板、地板以及靠墙的长凳上全是一层厚厚的盐，角落里放了一盏矿石灯，幽幽地散发着橘黄的光线，除此之外别无一物，更无一人。我虽听说过"盐室"，知道从公元三世纪以来人们就开始用盐来养生，因为盐富含很多种对人体有用的矿物质，对肺病和皮肤病等都有特殊的疗效。但是这盐室是土耳其浴室的一部分吗？我有些惶惑地在长凳上坐下来。也不知过了多长时间，一位服务员推门进来，示意我去冲洗，我越发惶惑了，问她在这盐室里除了深呼吸还干啥，她笑了，一边用并不流利的德语向我解释，一边用手摩擦着盐壁，示意我把盐弄下来涂抹在身上。我似懂非懂地"噢"了一声，等她出去之后，我试着往身上抹了些盐，感觉不太好，很快出去冲洗。

接下来就是桑拿浴和蒸汽浴了，这两个房间和别处的同类设施很相似，包括之后的小游泳池，都和一般度假或健身场所的没有二致。我正在琢磨这些设施与土耳其浴之间的关系，那个裹头巾的女子重新出现了，她微笑地引我上楼，在一扇门前站住，做了一个请进的手势，用宣告喜讯似的声调对我大声说："这就是Hammam！（土耳其浴室）！"

我的面前出现了一个圆形的大厅，墙壁和地面全是温润的大理石，高高的穹顶上有几个圆孔，光线正通过这些圆孔懒懒地洒进来；厅中央是一个巨大的方形大理石台，有着精美的镶边和图案，我知道这就是所谓的"肚脐石"了；沿墙一圈是八个花瓣形的水槽，嵌在神龛似的穹形凹进处，每个水槽都配有两个亮锃锃铜龙头，有热水和冷水。我正啧啧惊叹这浴室的庞大与精致，进来了一个和我年纪相仿的女子，她友好而又殷勤地在肚脐石上铺了一块布，示意我躺上去，我发现这石头原来是热的，躺在上面好像躺在了一张大炕上。那女服务生将我的手镯等饰物解下来放在一边，然后用小盆从水槽里舀了温水，一盆一盆均匀地浇在我身上，全身浇遍之后，她拿来一块粗糙的布套在手上，我知道现在该搓澡了。

让素不相识的人给自己搓澡，感觉有些别扭，特别是出国十八年来，冲澡虽然是每天都做的事，但是好像就没再搓过澡，这一搓谁知会搓出什么来？但是这位服务生显然是训练有素，她动作娴熟、有条不紊，不变的微笑消除了我的不安，三下五除二，我身上别说是这近十八年以来积攒的，就连打出娘胎开始就有的积垢都给她搓下来了。

搓完澡她将我再次用盆水冲净，然后展开一个大面口袋似的东西，里面放的估计是一小块肥皂，揉搓之后，捏住"面口袋"的两个角，在空中来回一晃，那口袋就鼓鼓地胀起来了，她把口袋举到我的上方，将里面的泡沫均匀地挤到我身上，我登时就被厚厚一层肥皂泡儿裹住，我想我当时的样子肯定很像一只漫画中的绵羊。她依然微笑着，开始给我揉捏，没想到看似纤柔的她会有那么大的力气，手过之处劲力十足，却又并不疼痛，过后感觉血脉畅通，神清气爽。最后她将我领到水池边站定，然后再次用水盆舀水为我从上到下冲洗，这个情景让我想起小时候家里没有淋浴的时候，我妈妈就是这么给我洗澡的。洗浴完毕，她给我围上浴巾，带我到楼下的大厅去，下楼的时候，她小心翼翼地扶着我，好像我是个脚步不稳的老太太。大厅的一侧是一排又一排的躺椅，我挑了一张躺下，她给我盖了一条单子，又微笑了一下，就走开去了。

一会儿工夫之后，出现了一个男服务生，手里拿着一份酒水单。我掠了一眼，看见上面从鸡尾酒到冰激凌，应有尽有，但最后还是只要了一杯红茶，想着在土耳其浴室里吃冰激凌怎么着也不对味儿。接下来的品茶和休息的时间足有半个多钟头，我不习惯漫无目的的等待，有些心急，后来我才知道，要洗土耳其浴，首先要带上的就是时间，或者说最好忘掉时间，到这里来就是放松的，应该慢慢享受，细细品味。

也许我正巧赶上了只对女生开放的日子，在等待期间，我看见好几个欧洲女孩儿分别走向盐室和桑拿室，和我一样都穿着游泳衣。其他几位躺在躺椅上聊天或是打盹儿的也都是女士。土耳其浴室有男女分浴的也有男女共浴的，但即使是男女共浴，身体上也一定要有裹体布遮盖，不会像罗马浴室那样坦诚相见。

发了好长一阵子呆，又让人做了面膜、修了指甲，我才被带到三楼的按摩室。我的按摩师是一位健壮的中年女子，力大无比，将我从手心到脚趾从容不迫地按摩了一遍,大功告成之后,她领我下楼至更衣室前,说洗澡到这里算是洗完了,但如果您愿意,还可以接着去喝茶,我一听赶忙道谢,说时间已晚,还是下次再见吧。

我一辈子还没有洗过这么复杂的澡,历时好几个钟头,还连带喝茶和休息,那天我从浴室出来的时候,不仅身体上觉得很舒服,心理上也感觉善待了自己。回去的车上,我好像才头一回体会到,原来洗浴也可以是文化的一部分。

简单的快乐

土耳其西南部的山地，有未经雕琢的自然风景和碧澄如玉的山间湖泊。在那里，我们曾经历过一次别具一格的土耳其"泼水节"。

进山的时候，我们的半敞篷越野中巴上除了我们，还有几对来自英国和瑞典的夫妇，大家都是成年人，衣着光鲜、矜持有礼，浑身上下散发着教养的味道，上车的时候彼此客气地互相招呼，坐在车上也是文雅地低声交谈。车开出去不久，随车的当地导游就警告我们，最好不要在车上拍照或录像，因为可能会有水泼进车来，会弄坏相机的。我们当时没明白他这话的意思——水？什么水？会下雨吗？但大家还是依言收起了相机。

在半山腰的一个岔路口，我们停车休息。路边有一个小吃摊，两个裹着头巾的土耳其妇女正在烙饼，她们先用一根细细长长的擀面杖把一小团面擀开，擀成一张又大又薄的面皮，然后放到平底炉盘上烙，上面再撒上土豆、奶酪或是菠菜，最后把饼对合，折起来热乎乎地又香又可口。我们正在品尝着这朴素的乡间美味，看到我们的导游也下了车，手里提满了大大小小无数个空瓶子，他把这些瓶子放在一个大水槽边，那水槽里浸泡着好几只大西瓜，上方有个龙头一样东西，水正汩汩地流下来，仿佛没有穷尽，导游一边将那些个空瓶子一一灌满水，一边对我们解释说，这是山里的泉水，可以直接饮用，而且十分清凉，可以用来冰镇西瓜；我们问他接那么多水干啥，喝得了吗？他笑了，说一会儿你们就知道了，那是用来打水仗的，话音未落，他又重新上车，拿下好几个巨大的容器，其中一个足可以装五十立升水，把它们也装得满满，我们正面面相觑，身旁驶过了另外一辆越野中巴，那上面坐的人看见我们，立刻站起身来，几乎人手一个水瓶子，在擦肩而过的那会儿，将水奋力地向我们洒下来，我们大吃了一惊，导游笑了，说这是这里的"规矩"，越野车之间互相泼水玩，你们一会儿可不能手软啊。

重新上车坐定，导游把他刚刚准备好的"武器"发放给我们，于是我们每个人手里都有了两三只灌满了山泉的水瓶子。在远远看到头一辆迎面开来的越野车时，我拧开了瓶子盖儿，但想到往素不相识的人身上泼水，好像不是成年人应该干的事情，车里的其他人显然和我一个想法,大家都有些犹豫,但是我们的"对手"却毫不留情,短短几秒钟的时间里,我们的车里仿佛下了一场倾盆大雨,这下子尝到了厉害,在下一辆车驶过来时,我们车上的人也跃跃欲试起来,早早打开了水瓶子,还没等导游的那声大喝"上!"我们就奋不顾身地投入了"战斗",大家越战越勇,笑得喘不上来气儿,早就忘了什么是矜持与教养,好几瓶子水很快就打光了,导游就把那些大容器里的水分装在我们的瓶子里。

在跨湖的高架桥下,停着一串等着过桥的越野吉普,我们远远地看到那条长龙,都禁不住兴奋地欢呼起来——吉普车矮,我们的中巴比它们高,这是怎样的先天优势!可惜我们并不需要过桥,所以只和这条龙的尾巴错了个身,但这并不妨碍我们居高临下地给那几辆吉普来个洪水滔天。在一条相对僻静的山路上,一位当地的农夫骑着他的电动摩托慢悠悠地迎面驶来,我们二话没说,至少三十升的水将他淋了个落汤鸡,他好像已经习惯这样的"袭击",连速度都没改变,乐呵呵、湿淋淋地继续向前骑去。

土耳其的夏季,气温有近四十度,这一路的水仗起到了绝妙的降温作用,半敞篷的车子里灌进来的风很快就吹干了我们的衣服。那一天,我们参观了清真寺,拜访了山地农家,在碧湖边吃了鳟鱼、骑了毛驴,甚至还去看了一个古罗马的城池……我们的衣服湿了干，干了湿，最惨的时候就好像刚从湖里被人打捞上来,哪里还有上车时的干净与整洁;而车里原先的文明与安静也早就被欢笑与尖叫所取代,我们都仿佛又成了小孩子,那份开心是这样的真实与单纯。也是在那一天里,我发现,原来快乐可以如此的简单。

巴扎风情

　　要说这农贸或是小商品市场，在世界各地的很多大小城市都有，说不上是什么特别的景观，而阿拉伯世界里或是土耳其等国家常见的巴扎（Bazar）其实也就是带顶棚的市场而已，我去过土耳其其他地区的好几个巴扎，感觉很像中国的小商品批发市场，没有特殊的看点，但是伊斯坦布尔的巴扎，却是一道非常值得一看的亮丽风景。

　　伊斯坦布尔的大巴扎（Grand Bazar）位于老城区的心脏部位，占地三万一千平方米，穹形彩绘的拱顶将六十多条商业巷道、四千家店铺盖在下面，进去之后仿佛入了迷宫，很快就失去方向。1453年，奥斯曼帝国的苏丹迈哈迈德二世在征服了君士坦丁堡之后，没几年的工夫，就建造了这个巨大的巴扎。这是一座有着五百五十年历史的购物中心，光是大门就有二十二座，每天十九点是收市的时间，不营业的时候，不仅所有的店铺，就连这些大门也都统统关闭。

大巴扎里色彩纷呈，看花了人的眼睛。在这里，几乎什么都可以买到，从金银首饰、地毯、皮货、服装鞋帽，到家具、古董、工艺品、瓷器等等，我最喜欢看的是灯，那些玻璃彩灯造型各异、溢彩流光，在略显昏暗的巷道里格外炫目。

在这样大的一座市场里，按照行业分为好多个区，同类商品都分布在同一个街区的巷子里，除了店铺，巴扎里还有银行、邮局、警察厅、餐馆、咖啡厅、水井和医生。要想把这里的每条巷子都走一遍，没有六七个钟头肯定不够。和伊斯坦布尔一般商业街巷的杂乱不同，大巴扎里井井有条，各类商品码排得整齐有序，石质的地面光滑洁净，当然，在这里售卖的东西也比其他地方要贵一些。

我们早就听说，大巴扎里的店家都非常的主动，看见欧洲来的游客会拦住你推销自己的商品，尤其在旅游淡季的时候。可是真的走在巴扎的巷子里，我们并没觉得那些店家有多么的咄咄逼人，他们确实会主动招呼过往的行人，但是如果人家没有反应，他们也不会追。有一次，我们走迷了路，正在踌躇，就有人上来问我们需不需要帮忙，听到我们是德国来的，他就立刻去找了一位会说德语的同伴来，那是一个年纪五十岁开外的中年人，面容祥和,他给我找了一张巴扎各个区的分布图,用不太熟的德语为我们解释路线,很耐心地回答我们提的问题,最后,他说他是卖地毯的,店就在后面,我们确实没有买地毯的打算,对他说了之后,他一点没有不悦的样子,很礼貌地同我们说再见。

除了传统典雅、美不胜收的大巴扎,伊斯坦布尔还有名为"埃及巴扎"的香料市场,到了这里,真的会让人想起一千零一夜里的故事。

埃及巴扎建于十七世纪,因为当初这里卖的多是来自埃及的香料而得名。现在,这里不仅有香料,还有各式蜜饯、水果、奶酪、果仁、鲜鱼、腌菜等等,千种色彩、万种味道充斥着人的口鼻。

当然,这里最多的还是各色各味的香料,堆成一个个大大的圆锥形,色泽鲜艳,光是生姜就有五六种不同的味道。在这里,可以让人现抓"减肥茶"、"止咳茶"、"(治)感冒茶"等等由不同的植物和香料配起来的"茶",回去兑水喝,让我不由想起中药。不过我想,这些"茶"除了拥有不同的功能,一定也有奇香的口感,不会像中药那样"良药苦口"吧。

埃及巴扎一直延伸到格拉塔桥下的码头,包括露天的好几条街巷,夜幕降临的时候,那里通明的灯火很像中国大城市的夜市。这里和大巴扎一样,也是十九点打烊,黄昏的时分走过,看着忙了一天的店主们慢慢地将货品一筐筐、一篮篮地搬进后面的库房去,明天,又是新的一天。

甜甜的下午

　　在伊斯坦布尔的最后一天中午,本来晴好的天忽然转阴了,午饭过后,竟然下起了淅淅沥沥的雨,于是放弃去王子岛的打算,在塔克西姆广场边的哈菲茨·穆斯塔法甜品店坐了下来,没想到经历了一次绝妙的享受。

　　哈菲茨·穆斯塔法(Hafiz Mustafa 1864)是伊斯坦布尔老招牌的甜品店,已有一百五十余年的悠久历史,这家老字号在全城的各个区都有分店,我们去的是位于最繁华的独立大街与塔克西姆广场交汇处的那一家,从门脸看很光亮很现代,橱窗里摆放着的却是最传统的土耳其甜点,尤其是那层层叠叠堆起来的差不多有一个人高的蜂蜜糖塔更是这家店的店标,制服整洁的店员立在店门口,彬彬有礼地招呼着顾客。

　　进得店内,最先跃入眼帘的是满墙蓝红花色的瓷砖,这样的以马赛克或是瓷砖装修墙表在伊斯兰文化中很常见,尤其是在清真寺里、苏丹的皇宫里或是富人们讲究的庭院里,甜品店用这样的墙表既显出了气派更继承了传统,让人感觉眼前一亮。

店有很长的进深,客人并不多。店堂部的墙壁仿佛是展开的金色画卷,上面是一幅又一幅展现民俗风情、历史建筑或是苏丹尊荣的瓷砖画。至于那甜品,我只有惊叹的份儿,因为这里欧亚合璧、兼容并包,既有欧洲风情的奶油、鲜果、巧克力以及果仁蛋糕,也有亚洲风味的酥饼、糖衣水果等等,至于那些各色各味的奶昔、布丁、酸奶更是让人目不暇接,我不知道该先看什么后看什么,只觉得生活正在面前呈现着最亮丽的色彩。

店堂的左侧,是典型的土耳其甜点,装在一个又一个巨大的长方形铝制烤盘里,整齐得就像等待检阅的士兵。与对面的精致与缤纷相比,这一边的点心与甜食好像朴素许多,但是做工上却是一点也不含糊。土耳其的甜点有着悠久的历史,相传奥斯曼土耳其帝国兵临维也纳城下的时候,虽然没有拿下城池,却给欧洲带去了咖啡和甜点,欧洲后来的咖啡文化,包括名扬世界的维也纳甜点都源自土耳其。

土耳其甜食中最常见的是Baklava与Lokum,Baklava是黄油酥饼,里面夹上核桃仁,可以浇上蜂蜜或是巧克力汁等变化出不同的种类;Lokum是各色花样的蜜糖,主要的组成部分是蜂蜜和果仁,先做成一大块,然后切成长条状，最后再根据需要切成一个个小四方块。这些甜食花样繁多、颜色各异，味道甜得夸张，必须就着苦苦的Mokka咖啡或是土耳其红茶品尝，才能不至于把牙齿甜掉。

据说，奥斯曼帝国时期的第二十七任君主——苏丹阿卜杜尔哈米特一世为了取悦自己心仪的女子，遍请各地手艺高超的糕点师傅，想要做出一种能让最高傲的女神折腰的甜食。一位名叫伯克尔的糖果师傅根据自己多年的经验，再加上丰富的想象，做出了一种味道极美、有着果冻般透明的光泽、上面铺着一层细细的粉糖的甜品，打动了苏丹和他的女人们的心。后来土耳其的很多甜点有着比较暧昧的名字，比如"美丽的嘴唇"、"天使的头发"或是"女人的肚脐"，都和这段历史有关。

我们在店里坐定之后，优雅的店员立刻送来了两本像城市电话号码簿那样厚厚的目录，里面图文并茂，每一种甜品都有大幅的艺术照片，附加着相关介绍与价位，一丝不苟，价钱也公道。我看花了眼，有些后悔刚才的午饭吃得太饱，就只要了两小样甜点，看着侍者把卡布奇诺和刀叉送过来。那咖啡杯子和盘子都烫着金边，上面用金字印着"Hafiz Mustafa 1864"的名号和店徽。

我要的甜点名叫"夜莺之巢"，是用极细的饱含着蜜糖与黄油的粉线绕成的状似鸟巢的小点心，中间塞着过了糖的果仁，一共四个，好吃又好看，平日里只爱看甜食却不喜欢吃甜食的我竟然消灭了两个。我丈夫点的是Lokum的一种，白色软糖夹果仁，外面裹着一层椰丝。这些甜点，看着很小，但若是将一整块放入口中又嫌太大，所以要切开来一小块一小块慢慢享用，这里的刀子也和普通餐刀不同，它有点像吃牛排时用的刀子，前面很尖，个头却很小巧，我的"夜莺之巢"其实很硬，用这把刀子切开它却是毫不费力。这里的刀子上也和碗碟上一样，烫印有该店的名号与店徽，非常光亮精致。

我们就这样坐在哈菲茨·穆斯塔法甜品店里，听着低低的土耳其民族音乐，品尝着这些朴素又可口的甜点，静静地度过在伊斯坦布尔的最后一个下午。幸福，也就蕴藏在这些不起眼的一点一滴之中吧。

往日情怀

　　头一回去加纳利群岛，住在丹娜丽芙岛上的十字港，这里正是三毛与荷西曾经生活过的地方，虽是第一次来，感觉却像是久违了。

　　我是二十世纪七十年代出生、读着三毛的书长大的一代。十几岁的时候，那些青涩而又苍白的岁月里，她的文字就像迷惘大海中的一座灯塔，给我少年的梦想指出了一个方向，那就是对无尽远方的向往。如今，已做了十几年异乡人的我，走过了万水千山、识尽了流浪的滋味之后，早就不再读三毛的书。可是，在决定去丹娜丽芙岛的时候，我还是在网上找到了她关于十字港的文章，鬼使神差般地想去追寻她的足迹。

　　丹娜丽芙是加纳利群岛中最大的一个岛，属于西班牙的领地。中部三千多米高的泰德火山将这个岛分为了截然不同的两半。南部很荒凉，除了城市里和给游客特意修建的度假村中之外，连棵树都很难看到，举目望去，起伏的山冈上只有地衣植物和仙人掌。北部雨水相对充沛，虽不能日日艳阳高照，但植物和文化都很繁盛。而这十字港，就位于岛的北部。

在《黄昏的故事》中，三毛详细地描述了她每天的散步路线："在丹娜丽芙岛，现在的住家，我每日漫游的路途大致是相同的。后山下坡，穿过海也似的芭蕉园，绕过灌溉用的大水池，经过一排极华丽的深宅大院……再下坡，踏过一片野菊花，转弯，下到海岸线，沿着海边跑到古堡，十字港的地区就算是到了，穿进峡谷似的现代大旅馆，到渔港看船，广场打个转，图书馆借本书，这才原路回来。"

十字港有两个古堡，一个是十七世纪初修建的圣菲利浦堡（Castillo San Felipe），另外一个就在小渔港旁边，不属于历史建筑，从地理方位来看，不会是三毛所指的古堡，那么，她的古堡就只可能是圣菲利浦这座名副其实的古堡了。从我们酒店的阳台上望出去，正对着的就是这座古堡，每当夕阳西下时，看到海浪在古堡前的长堤上激起的巨大水花，总有一种苍凉的感觉。

芭蕉园在丹娜丽芙北部是常见的景观之一。那大片大片的芭蕉林被高高的围墙围着，果实包在塑胶袋里，寂静的午后，当地的果农们坐在蕉林外，晒着太阳聊着闲话。我们住处的左手就是一片密密的芭蕉园，一直延伸到近海岸线，而右手就是古堡东边的十字港的地界了。至于这是不是三毛日日穿过的芭蕉园，无法考证，因为不知道她"沿着海边跑到古堡"的距离到底有多长，但从方位来讲，倒是极有可能。

关于那条转弯之后通向古堡的路，三毛是这样形容的："从海岸一直走到古堡那一条路是最宽敞的，没有沙滩，只有碎石遍地，那么长一条滩，只孤零零一棵松树委委屈屈地站着，树下市政府给放了条长木椅。……这儿没有防波堤，巨浪从来不温柔，它们几乎总是灰色的一堆堆汹涌而来，复仇似的击打着深黑色怪形怪状的原始礁岩，每一次的冲击，水花破得天一般的高，惊天动地地散落下来，这边的大海响得万马奔腾，那边的一轮血红的落日，凄艳绝伦的静静的往水里掉。"

如果我的推测是对的，那么从蕉林到古堡的路就是那条我们经常散步的路了。这里的确没有防波堤，但也不再仅仅只有一棵委屈的松树。三十年物转星移，这一带的海边，有被黑色礁岩隔开的人造海滩，花园式的林荫道，餐馆和儿童游乐场……因为是火山岛，沙滩也是黑色的，一排排的大浪汹涌而来，浪尖上水雾飘舞，砸在礁石上，那气势可谓磅礴，确实不同凡响。看到这样的景色，我也生出了人在天涯的感慨。

其实，我早就过了追星的年龄，而且，在我年纪尚小，还没有出国之前，就感觉到三毛只是陈平笔下的一个人物，所以她的死并没有让我感到震惊。如果真要追寻她的足迹，马德里或台北不是更理想吗，何必非要在她只待过一年的丹娜丽芙岛寻寻觅觅呢？

我想，对三毛的怀念，应该是对自己青春的怀念吧。"往日情怀总是诗"，那些除了梦想一无所有的年少时光，那些单纯而又苦闷的日日夜夜，回想起来，竟是飞扬又飞扬的青春。从前觉得加纳利群岛就是世界的尽头了，如今人在其中，好像才突然明白，地球本来就是圆的，走到哪里才算是尽头呢，走上一圈，最后不过是从终点回到了起点，宛如人生。

海岛玛洛迦

一

今年夏天，我们全家去西班牙的玛洛迦（Mallorca）岛度假。这是一个地中海里的美丽海岛，四季常青，是欧洲人喜欢的度假胜地之一，其中德国人对玛洛迦更是有着特殊的感情，这里不仅每年都会接待大量的德国游客，还有不少德国人干脆直接在玛洛迦买房置地，目前，在岛上定居的德国人就有两万多。因此，德国人将这个岛戏称为"德国最南边的省"。

不过，玛洛迦岛不是只有大海、沙滩、阳光、酒精与迪斯科，还有丰富的自然与人文景观，不管是喜欢热闹还是清静、崇尚历史文化还是偏爱现代生活的人，都可以在这里找到适合自己的节奏与去处，这是一个既古老又年轻的岛，底蕴丰厚而又风姿绰约。

玛洛迦的东西两侧是崇山峻岭,尤其西部的山地有十一个海拔一千多米的山峰,山谷里、山腰上零零落落地分布着小镇与村庄,那些散发着繁花的芬芳、带着点儿慵懒的艺术家气息的村落,是我最喜欢去的地方。

黛亚(Deià)就是这样的一个村庄。这里的居民人数不到一千,却有着"艺术家之村"的美誉。从上个世纪初开始,就陆陆续续有不少著名的画家如毕加索、作家如罗伯特·德雷夫斯、影星如麦克尔·道格拉斯曾经在这里生活,现在,这里仍然是艺术家和作家聚居的地方,幽深的巷子里,隐藏着或简朴或精致的画廊;优雅的餐馆里,有着上好的红酒,时不常,会有皇室人员来这里就餐,但是,整个村子却没有任何繁华的痕迹。午后的黛亚,仿佛睡着了一般,除了蝉鸣听不到别的动静;窄窄的街巷,空荡荡不见人影,白花花的阳光散落一地,偶有车辆经过,虽然速度极慢,可因为巷子的狭窄,作为路人还得跳到路沿儿上去闪避。随处可见的是石砌的房屋,自然的色彩,淳朴的风格,很多房子都带有宽大的凉台,庭院里草木葱茏。和岛上的其他地方一样,这里最多见的是橄榄树,它们盘根虬结,千姿百态,在漫长的岁月中默默地见证着历史的变迁以及每一个日出与日落。

与戴亚的朴素与清雅相比,瓦德摩萨镇(Vallde-mossa)就显得浪漫许多了。这里曾经是乔治·桑与肖邦共同生活过的地方，他们虽然只在这个小镇度过了不到了一百天的时光，但乔治·桑为此写下的《玛洛迦的冬天》却使这段感情永垂不朽。在我的眼里，这里是一个花的海洋——几乎家家门外的墙上，都钉满了无数的花盆，花盆里栽着各色的鲜花，也有不同类型耐旱防暑的"宝石花"，层层叠叠、色彩斑斓，这里绽放的，是生活的热情。瓦德摩萨出过一位被罗马教廷册封的圣女——卡特琳娜·托马斯，在这个生她养她的小镇中，她有着女神般的地位。每户人家的门口都砌有一块彩色的瓷砖，上面是一幅以卡特琳娜的生平为题材的小画，下方则是诸如"圣卡特琳娜·托马斯，请为我们祈祷"之类的词条，成为这个旖旎的小镇一道独特的风景。

玛洛迦是一个有着悠久历史的岛屿。这里最早的人类遗迹可以追溯到公元前四千多年。公元前一百二十三年，罗马帝国征服了玛洛迦岛，近六百年之后，这里被日耳曼人征服，日耳曼人的统治并不长久，534年的时候，罗马帝国（这时已是东罗马帝国）再次收归了玛洛迦。到了902年，阿拉伯人征服该岛，将伊斯兰教传进岛来，一直统治了三百多年，很多城镇，一直到今天都沿用当时阿拉伯语的名字，比如"黛亚"和"瓦德摩萨"。

和玛洛迦的悠久历史与文化沉淀相对应，岛上的自然风光也千姿百态、旖旎动人，有直直插入海面的壁立千仞的岩山，有碧澄如玉的海水，也有延绵数公里的白色沙滩，不难想象，为什么玛洛迦会受到这么多人的喜爱与青睐。

二

作为西班牙的海岛，玛洛迦的美食中少不了西班牙菜的影子，但是作为有着悠久历史的岛屿，它也有不少自己独特的风味，有的简朴，有的精致；品尝过后令人回味无穷。

最有名的莫过于一种叫作"恩萨麻达（Ensaïmada）"的面包了。早在十七世纪，史书上就有关于这种面包的记载。它的主要成分是小麦粉、水、牛奶、糖和鸡蛋，当然还有不可或缺的猪油（"恩萨"），这种面包被卷成蜗牛状，有的体型较小，有的大如锅盖；有不加馅儿和带馅儿两种，馅子是南瓜酱做的，被称为"天使的头发"。玛洛迦人把"恩萨麻达"当早饭吃，那里的人讲究"早上十点之后不再吃恩萨麻达"，他们把这种面包撕开，蘸着茶水或其他饮料下肚。"恩萨麻达"还是很受欢迎的旅游纪念品，不少人在上飞机离开玛洛迦之前，不忘在机场买几盒带上。

岛上的前餐种类多样，除了常见的Tapas，就是"玛洛迦汤"（sopas mallorquinas）了。说这是"汤"，好像有点委屈，因为它其实是分量很足的蔬菜杂烩，里面有番茄、大辣椒、洋葱、豆角、甜豆等时令蔬菜，加上葱蒜，配上切得极薄的、隔日的硬面包片儿，热热闹闹一大碗，吃过之后连正餐都可以省了。这道菜本来是比较典型的"穷人的饭"，但做得精致，早就作为玛洛迦本土风味登上了大雅之堂。

当然，玛洛迦岛上不是只有淳朴的乡间风味，也有制作考究的菜肴，比如"lomo con col"，这是用卷心菜的叶子包裹着的猪里脊，与猪血肠块儿、葡萄干和松子一起炖制而成；还有玛洛迦式烤羊腿也很有名：将羊腿切开，里面夹上碎肉、香肠、松子等做馅，撒上香料，然后与蔬菜一起烤制一个半钟头，这道菜讲究的是从烤箱里拿出来后就立即吃，而且越年轻的羊味道越好。

玛洛迦是一个海岛，所以鱼和海鲜是餐桌上不可或缺的一道风景。那海鲜烩饭"Paella"在岛上随处都可以见到，这是非常著名的西班牙风味，金灿灿的一大盘米饭，里面夹杂着红色的大虾、黑色的海贝、白色的鱿鱼，色彩斑斓，好吃又好看。我最喜欢的是烤乌贼，看着好像很简单——两个小墨鱼配上蔬菜色拉或是米饭，但是那味道与口感却与众不同，也许是因为墨鱼非常新鲜的缘故吧，咬在嘴里没有一点儿嚼橡胶的感觉，配上地中海沿岸典型的香料,味道令人难忘。

之后,当然是饭后甜食了。玛洛迦岛上除了橄榄树,最常见的是柠檬与杏树,所以杏仁蛋糕成为岛上的特色甜点就不足为奇了。说特色,是因为这蛋糕在吃的时候,要往蛋糕上浇一勺本地酿造的杏仁酒,再配上一个杏仁冰激凌球。

玛洛迦的美食,就和它的自然景观一样,有平坦也有险峻,有繁华也有荒凉,不管是喜欢清淡的还是钟情于吃辣的人,在这个岛上都可以找到适合自己的口味。

悲情法朵

　　黄昏时分，我们站在圣乔治城堡的外墙边，居高临下地欣赏着里斯本老城区层层叠叠的红色屋顶和夕阳下的特茹河。那天晚上，我们想去听法朵（Fado）。想到下山的路还挺长，就决定乘坐三轮小摩托，顺便让本地的司机给我们推荐一个比较典型的法朵餐馆。

　　年轻美丽的女司机立刻答应了我们的要求。刚坐稳，那小摩托车就突突地开了出去，穿过窄小陡峭的街巷，箭一般地冲下山去，转弯处给人感觉像是在坐过山车，很是惊险，但是，这些已经徒步走过很多次的巷道，却忽然变得越发生动起来，那空气里混合着的人声、饭香和生活的味道随着风吹在脸上，特别是当女司机突然在中途停车，与站在路边的男孩子们短暂交谈的时候，那种乡土感就尤其强烈。我知道，就是在这里，在里斯本工人们集居地老城区，在这个空气中掺杂着饭香的地方，在这些悬挂在窗外的五颜六色的衣服之间，诞生了法朵。

按照女司机给写的地址，我们很快找到了那家餐馆。这里有着地下室般的穹顶，装饰得古色古香，很有情调。几十个餐位已基本坐满，中央是一小块空地，面对面放着两把椅子，想来这应该是"舞台"了。法朵通常是由两把吉他伴奏，一把西班牙吉他，一把葡萄牙吉他。我们在舞台后方坐定，点了海鲜饭和炸鱼，另要了一瓶白葡萄酒，然后静等好戏开场。

酒刚上来，灯光忽然暗了下去，已经开始用餐的人也停下了刀叉，侍者们背着手在后面一排站好，一时之间，气氛变得安静庄重。两位吉他手在空椅上落座，弹葡萄牙吉他的是一位老者，他衣饰简朴、面容安详，那把吉他显然已经陪伴他很多年。葡萄牙吉他有十二根弦，呈扁梨形，那十二根弦在琴头处小辫子似的排成两排。第一位献唱者是一名女子，她大约三十岁左右，黑色的晚礼服，头发油光水亮地在脑后扎成一个马尾，眼部与嘴唇都化了很浓的妆，与南欧人特有的热情奔放的基调很相配。音乐起处，她紧闭双眼，那歌声仿佛从她的心肺里传出，她的双手时而交抚在胸前，时而半举在空中，表情痛苦而投入，她似乎已经忘记自己身在何处，完全沉浸在音乐里。我不懂葡萄牙语，不知道她到底唱的是什么，但是，我可以听出她歌声里的挣扎、无奈与向往。

法朵(Fado)在葡萄牙语里是"命运"的意思，它所表达的是一种被称为"Saudade"的情绪，这个词只在葡萄牙语里有，很难直接被翻译成任何一种其他文字，因为这个词里面同时包含了很多层的含义：有对现实的不满和对命运的声讨；也有离别的痛苦和人生路上的迷惘；更有对家乡的怀念和对爱情的渴望……这种情绪可以被笼统地称为"尘世的苦痛"，这种在里斯本的底层发展起来的悲情音乐，在近两百年的岁月里，从简朴的小酒馆登上大雅之堂，也曾一度被人遗忘，在经历了繁荣与沧桑之后，它重出江湖，并被新的一代发扬光大，成为葡萄牙传统音乐的代表，也在2011年被联合国教科文组织定为人类文化遗产。

那位女生唱完之后，侍者将我们点的鱼和饭端了上来，那炸得金灿灿的鱼和排在米饭上的大虾都让人看了心生欢喜，在柔和的灯光与烛火下吃完了饭，周围就又暗了下来。这次上场的是一位青年男子，模样很斯文，格子衬衫，褐色的西服外套，牛仔裤，头发齐肩，看上去像个大学生。他的嗓音浑厚低沉，与他的外形好像不太相配，所以他刚一发声，就赢来了一片惊叹与喝彩。歌者尚未唱完之前就鼓掌在法朵的演出中是被允许的，而且被看作是对歌者的鼓励与认可。这位男子的第一首歌比较激扬，像是在控诉；后来的几首却缓慢下来，曲调悠扬哀伤,听着听着,我仿佛看见了一位在爱情中挣扎的男子,面对可望而不可即的人,那种无边的向往和内心里绝望的呐喊,一时间,我湿了眼眶。

我想,"Saudade"虽是一个无法准确翻译的葡萄牙语词汇,但那里面所包含的尘世的苦痛,却不是葡萄牙所特有。这个世间的悲欢离合、人生中的起起落落都属于人类共同的体验与情感,所以,法朵才能让根本不懂葡萄牙语的人也能感受到它所想表达的悲情与无奈。

酒尚未喝完,餐馆的老板亲自上阵,他虎背熊腰,歌声高亢激昂,在他之后献唱的是一位扎着小辫、很具艺术家气质的中年男子,他的演唱感情充沛,极富感染力,将餐馆里的气氛一次次推入高潮。

将近十点的时候,我们仍然意犹未尽,但酒已喝完,微微的酒意在身体里扩散,我们于是结账出来。穿过一条条窄小的巷子,昏黄的路灯下,石块铺就的路面发着淡青的光,两边的酒馆餐厅里,不时传来乐声与喝彩声。楼上住户已将白天晾在外边的衣裳收起,巷子边的小旷场上还有小孩在踢足球。这样的情景,好似陌生,却又觉得熟悉,就像法朵所表现出来的喜怒哀乐,仿佛是在诉说别人家的烦恼,却又和自己的命运如此接近。